Viktoria Suffrage

... ALSO NACHM REGENBOGEN UM SECHS UHR ABENDS

1. Auflage
Oktober 2017

Texte: © Copyright by Victoria Suffrage

Lektorat:
Elsa Rieger – www.elsarieger.at
Michael Lohmann – www.worttaten.de

Korrektorat:
Claudia Pietschmann – www.ebooks-perfekt.de

Buchsatz:
Petra Schmidt – www.lektorat-ps.com

Bildnachweise:
makar/nikiteev_konstantin/Tatiana Davidova/silm/Shutterstock.com

Herstellung und Verlag:
BoD – Books on Demand, Norderstedt

TWENTYSIX – der Self-Publishing-Verlag
Eine Kooperation zwischen der Verlagsgruppe Random House
und BoD – Books on Demand

Bibliografische Information der Deutschen Nationalbibliothek:
Die Deutsche Nationalbibliothek verzeichnet diese Publikation in
der Deutschen Nationalbibliografie; detaillierte bibliografische
Daten sind im Internet über dnb.d-nb.de abrufbar.

ISBN: 978-3-7407-3125-0

Vorspann

»Hach Dieter Paul Rudolph, ich erschieß Sie, Sie Vieh, Sie Rind, Sie Ochs …«

Unser Film hatte gerade erst begonnen und du hast dich, ohne ein Wort, auf den Weg zum Regenbogen gemacht. Das als Meister der Worte …

Keine Zeit für ein Sbohem.

Keine Zeit für ein Danke – durch mich.

Noch nicht mal Zeit für einen Underberg, einen Plan …

Wir sehen uns also nachm Regenbogen um sechs Uhr abends.

Dann musst du mir erzählen, ob Elsa, Claudia, Michael und ich das Buch gerockt haben. Trübsal willst du sicher nicht. Und, ob O. M. Gott der Vojtech gefällt.

Ich vermisse dich,
Victoria

Kapitel 1

Da sitzt jemand mitten im Wohnzimmer. Direkt unterm Kirschbaum, der in voller Blüte steht und den Sommer verkündet. Ich kneife die Augen zusammen und trotze der blendenden Sonne. Es ist meine Frau, es ist Lissy. Ich erkenne es an den Zehen, die unter ihrem Rock hervorblitzen. Wie Krokodilzähne.

»Erinnerst du dich an unser Gespräch? Weißt du, wie spät es ist?«

Ihre Frage kommt unerwartet und ich suche nach einer Uhr. Das ist absurd. Meine Lissy ist hier und ich suche nach einer Uhr. Ich will zu ihr hin, sie in die Arme schließen. Warum finde ich eigentlich den Kirschbaum nicht absurd?

Oh, Lissy ist zu mir gekommen, sitzt jetzt vor mir und hat den Kopf erwartungsvoll in meine Richtung gedreht. Ihre Lippen bewegen sich tonlos und hauchen mir Erinnerung ein.

»Liebes, wenn wir dann nicht mehr genug Atem haben, meinst du, wir gehen zusammen?«

Lissy wiegt den Kopf und verzieht ihren Mund zu einem Schmunzeln. Ich möchte ihr gern einen Kuss geben, aber dann kann sie mir nicht antworten.

Wahrscheinlich ist das auch unschicklich in unserem Alter.

»Ach, Paulchen, mein Herz. Was sind das für trübe Gedanken? Sicher gehen wir zusammen.« Sie greift nach meiner Hand und dreht dabei das Gesicht weg. War das eine Träne in ihrem Auge? Nur im linken Auge?

»Mein Liebes.« Ich drücke Lissys Hand, bevor ich sie sanft näher ziehe. Die Hand und Lissy. »Weißt du, ich kann mir nicht vorstellen, nur eine Minute ohne dich zu sein. Aber …« Wie soll ich jetzt weiterreden, das Unaussprechliche sagen? Lissy schaut mich an, ich sehe an ihrem Blick, dass sie es schon längst weiß, meine Worte, die ich noch suche, zusammengefügt und erraten hat. Trotzdem weicht sie mir nicht aus. Sie wartet, dass die Frage aus meinem Mund kommt.

»Aber was wird dann mit Ela? Kommt sie mit uns mit?« Ich kann sie nicht länger ansehen, weiß, wie sehr ich mich mit meinen Gedanken versündige. Unsere Hände sind fest verschmolzen und Lissy drückt meine Hand stärker. Das hilft gegen das Schweigen, das seit meiner Frage den Raum füllt.

»Einer von uns wird bei Ela bleiben und bringt sie später mit. Es sind nur Raum und Zeit, die uns trennen. Eine kleine Weile sind wir bloß halb zusammen, eine kleine Weile.«

Halb zusammen? Das ist mehr als gar nicht. So ist sie immer, meine Lissy, seit ich sie liebe. Sie weiß alle Antworten, ohne dass ich die Fragen kenne.

»Aber wie sollen wir uns dann finden?« Es gelingt mir nicht, meiner Stimme einen gleichgültigen Klang zu geben. Nicht heute. Vielleicht wäre es mir gestern gelungen, als wir noch nicht im Krankenhaus waren und die Tatsache noch eine Bedrohung, von Hoffnungsfäden umsponnen. Als es ›ein paar Wochen, vielleicht auch Monate‹ noch nicht gab. Dabei muss ich doch jetzt stark sein für Lissy und nicht so ein Jammerlappen. Ich traue mich ja noch nicht einmal, ihr in die Augen zu schauen.

Sie lacht. Wieso lacht sie denn jetzt? »Nachm Regenbogen um sechs Uhr abends?«

»Was meinst du, Lissy?« Ich verstehe nicht, was sie so erheitert, verstehe ihre Antwort nicht.

»Hach, Paul, Jesusmaria, Himmelherrgott, ich erschieß Sie, Sie Vieh, Sie Rind, Sie Ochs, Sie Idiot, Sie. Sind Sie so blöd?« Lissy lacht weiter und bekommt sich gar nicht mehr ein. Die achtundachtzig Jahre sind aus ihrem Gesicht verschwunden und kriechen mit Lissys Heiterkeit unter meine Haut, Millimeter für Millimeter, und ich schaue dabei zu.

Endlich fällt es mir ein, wie konnte ich das nur vergessen! Schwejk. Ich darf mir jetzt nicht anmerken lassen, dass es mir nicht gleich eingefallen ist. Sonst macht sich Lissy noch Sorgen, sie meint zu oft, dass ich vergesslich bin. Knoblauch soll ich essen, sagt sie immer. Oder Kräuter, deren Namen ich mir nun wirklich nicht merken kann. Meinen Underberg lässt sie nicht gelten, deshalb trinke ich den lieber heimlich. Immer nachmittags um drei Uhr hole ich mir ein Fläschchen aus dem Versteck hinter dem Plattenspieler.

»Melde gehorsamst, ich bin blöd, Herr Oberlajtnant.« Ich lache auch, so gut ich kann. »Das ist ein guter Plan, Lissy. Ein sehr, sehr guter Plan. Nachm Regenbogen. Um sechs Uhr abends. Lissy …«

Wo ist sie denn jetzt hin? Zweimal, dreimal kneife ich die Augen zusammen, es hat keinen Zweck. So was wirkt nur in einem Film. Alles ist so, wie schon die letzten fünfundvierzig Jahre. Nein, stimmt nicht. Dann wäre Lissy hier, so wie eben.

Mein Kopf, wozu habe ich den, wenn mich jetzt schon meine Gedanken zum Narren halten? Vielleicht wird es besser, wenn ich mich aufsetze. Das müsste nur mal jemand meinen alten Knochen sagen. Gestern, oder war es vorgestern?, habe ich noch daran gedacht, mich lieber nicht mehr aufs Sofa zu legen. Es dauert so lang, bis ich mich da aufrichten kann. Und wenn Ela schreit, dann muss ich mich beeilen. Sonst haut die Nachbarin von unten an die Decke oder steht, wenn es ganz schlimm kommt, direkt vor der Tür.

Der Sessel wäre ideal und auch nicht unbequemer als das Sofa.

Ich sollte bei Ela im Zimmer schlafen, aber das schickt sich nicht. Sie ist ein großes Mädchen, ein zu großes Mädchen, um mit ihr das Schlafzimmer zu teilen.

Endlich sitze ich. Jetzt kann ich auch die Brille nehmen. Sie liegt auf dem Tisch, direkt neben dem Bild von Lissy und dem Telefon. »Guten Morgen, Lissy, Liebes.« Ich hauche ihr einen Kuss zu. Das ist nicht so albern, wie das Bild zu küssen. So jung sind wir ja nun auch nicht mehr.

Verdammte Knochen. Ich kann nachzählen, ob noch alle da sind, muss nur überlegen, wo es mir überall wehtut. Brauche ich aber nicht, wer sollte mir schon einen Knochen wegnehmen. Die sind genauso alt und morsch wie der Kirschbaum im Vorgarten, auf dem die Nuschi so gern liegt. Ich sag der immer wieder, die soll nicht auf den Baum, aber dieses Katzenvieh hört einfach nicht. Der Alex hat wohl recht, die ist eine Streunerin, und die sonnen sich am liebsten, wenn sie nicht die Gegend erkunden. Und wer ein Streuner ist, der bleibt ein Streuner. Wenigstens kommt sie abends immer heim, sonst kann die Ela nicht schlafen.

Da ist ja meine Brille. Ich glaube, ich muss mich beeilen, ich muss auf meinen Zettel schauen. »Schreib dir alles auf, Paul.« Das hat die Lissy immer gesagt. Diese blöde Brille ist so begrapscht.

Die Ela war gestern wieder so wild und hat um sich geschlagen, es wird immer schwerer, dass sie abends schläft. Aber das Kind kann nichts dafür, die Nuschi kam so spät. Wieder und wieder habe ich gerufen, zart zuerst, »miez, miez, miez«, dann wütend. Nuschi hat sich nicht gerührt, nur der Nachbar oben hat geschrien, dass alles nach Katzenpisse stinken würde. Er hat einfach kein Benehmen, er sagt auch Balg zu Ela. Wäre ich jünger, würde ich ihm eine Ohrfeige verpassen. Jedes Mal! Aber dann wäre auch Lissy da und würde mich davon abhalten. Sie ist immer so vernünftig.

Alex hat gesagt, ich solle so komische Geräusche wie »zsssss zssss« machen. Es sah lustig aus, wie er dabei den Mund verzogen hat, die Oberlippe hat fast seine Nase berührt. Für mich ist das nichts. Innerlich habe ich gesehen, wie meine Dritten beim Katzenrufen aus dem Fenster geflogen sind. Das habe ich dem Alex natürlich nicht gesagt. Aber gelacht habe ich.

Ich glaube, Ela wird wach. Da ist schon dieses leise Stöhnen von ihr, es dauert sicher nicht mehr lang. Was steht auf dem Zettel?

Pflegedienst, 7.00 Uhr morgens, 19.00 Uhr abends, Montag bis Freitag.

Pflegedienst, 7.30 Uhr morgens, 18.30 Uhr abends, Samstag und Sonntag.

Man kann auch mit einer dreckigen Brille lesen. Und mit dreckigen Ohren hören. Warum kann man mit einem dreckigen Gehirn nicht denken?

Ich ziehe mein Unterhemd etwas aus der Hose und putze die Gläser. Wenn Lissy das sehen würde, dann gäbe es Ärger. »Nimm dein Taschentuch, dafür ist es da!« Genau das hat sie immer gesagt und ich habe ihr nicht widersprochen. Jeden Tag hat sie mir ein frisch gebügeltes Taschentuch hingelegt. Fünfundvierzig Jahre lang. Das ist lustig. Genau fünfundvierzig Jahre lang habe ich mich nie getraut, in mein Taschentuch zu schnäuzen. Weil ich es für die Brille brauchte. Ich muss das unbedingt Lissy erzählen, wenn wir wieder zusammen sind. Dort wird es keinen Schnupfen geben.

Ela wird immer lauter. Sie darf nicht schreien, ich muss mich beeilen. Ist heute nun Freitag oder Samstag? Wenn die Tage nur nicht so gleich wären, dann könnte man sie einfacher auseinanderhalten. Ich zähle jetzt bis drei und dann stehe ich auf. Auf der Sofalehne aufstützen, auf dem Sessel und dann habe ich schon meinen Rollator. Wenn ich erst wieder laufe, geht es auch besser. Mit achtundsiebzig Jahren kann ich froh sein, dass ich noch so mobil bin. Hat mein Hausarzt gesagt, der ist ja erst Anfang dreißig. Ich würde ihn gern in fünfzig Jahren noch mal fragen.

Kapitel 2

Jetzt klopft es doch an der Tür, ich habe es befürchtet. Dabei hat Ela gar nicht geschrien. Bestimmt bin ich zu laut mit dem Rollator. Der Alex muss die Reifen mal wieder aufpumpen, dann geht er leichter. Nur kann ich ihn schlechter halten, weil er so schnell ist. Aber wenigstens störe ich nicht. Ela und ich brauchen keinen Ärger.

Ich bleibe jetzt einfach stehen, bis es nicht mehr klopft.

»Herr Riemenschneider, ich bin es, Alex.«

Als Erstes schaue ich auf die Uhr an der Wand über dem Plattenspieler. Es ist kurz nach halb acht. Also ist heute Samstag oder Sonntag. Wenn Alex nicht verschlafen hat. Er ist ein junger Kerl, der will abends noch tanzen gehen.

»Hast du verschlafen, Alex?« Mal schauen, was er antwortet.

»Nein, es ist doch Samstag, da komme ich immer eine halbe Stunde später.«

Es ist also Samstag. Das muss ich mir unbedingt auf den Zettel schreiben und mir jeden Tag einen Strich machen. Wie Robinson Crusoe auf seiner

Insel. Wenn ›die‹ noch mal kommen, dann fragen sie mich sicher danach. »Zeitlich orientiert« oder so haben die das genannt. Es ist schon seltsam, dass man mit knapp achtzig nur noch für voll genommen wird, wenn man die Uhr und den Kalender kennt.

Früher hatten Lissy und ich immer Abreißkalender. Da stand jeden Tag auf der Rückseite ein Spruch oder eine Bauernregel. 1973 hatten wir einen mit Bibelsprüchen, den fand Lissy auch gut, obwohl sie »mit dem da oben keinen Vertrag hat«, wie sie immer sagt.

An Elas Geburt stand auf dem Blatt:
Lasset die Sonne nicht über eurem Zorn untergehen. Epheser, 4, 26.

»Herr Riemenschneider …«

»Ich komme schon, erst muss ich meine Freundin im Schrank verstecken.«

Ich kann das Lachen des Pflegers hören, während ich zur Wohnungstür schlurfe. Früher hat es Lissy und mich gestört, dass das Wohnzimmer ein Durchgangszimmer zu allen Räumen ist und man von der Wohnungstür aus direkt darinsteht. Jetzt bin ich froh darüber.

Zweimal drehe ich den großen Schlüssel in dem alten Kastenschloss herum. Bevor ich die Kette löse, öffne ich die Tür einen Spalt und schaue hinaus in das Treppenhaus.

»Gesichtskontrolle bestanden, Herr Riemenschneider?«

»Ausnahmsweise. Die Rasur ist miserabel.«

Wieder lacht Alex auf, bestimmt krault er sich dabei seinen Vollbart, wie er es meistens macht, wenn er lacht. Ich schiebe den Verschluss der Kette nach oben. Heute geht das einfach und schnell, sieht aus, als würde das ein guter Tag.

»Sie sollen sich doch nicht immer so einschließen. Wenn Sie nachts mal Hilfe brauchen, dauert es viel zu lang, bis man in Ihrer Wohnung ist.« Der Alex will streng klingen, ich spüre aber, dass es nicht so ist. Da ist etwas anderes, Fürsorge vielleicht. Nicht so wie bei Ellen, die abwechselnd mit Alex kommt. Ich mag sie nicht. Ela auch nicht. Bei ihr schreit die Kleine nicht, sie wimmert nur ängstlich. Sie spürt, wenn jemand böse ist.

»Was soll schon passieren, Alex?« Ich weiß, dass er recht hat, deshalb will ich nicht darüber sprechen. »Wollen Sie einen Kaffee?«

Der Junge lächelt und zieht seine Jacke aus. Darunter hat er einen grünen Baumwollkittel und eine passende Hose. Wie selbstverständlich holt er ein rotes T-Shirt aus seiner Tasche und zieht es darüber. Ela mag, wenn es bunt ist. Sie war in ihrem Leben so oft im Krankenhaus, dass sie Farben braucht. Rot ist ihre Lieblingsfarbe. Alex ist ein Engel.

»Ich kümmere mich erst mal um die Prinzessin. Wenn dann noch Zeit ist … Ach was, danach habe ich fünf Minuten. Ohne Ihren Kaffee überstehe ich den Tag nicht.« Alex wartet nicht, bis ich etwas gesagt habe, sondern verschwindet im Schlafzimmer.

Durch die Tür höre ich Ela glucksen. Sie hat Alex erkannt und freut sich. Während ich zur Küche schlurfe, um die Kaffeemaschine zu befüllen, höre ich, wie die Schlafzimmertür abermals geöffnet und wieder geschlossen wird. Sekunden später steht Nuschi vor mir und maunzt mich an.

»Na, du Viech. Erst schläfst du bis in die Puppen und jetzt kann es dir nicht schnell genug gehen.«

Nuschi beeindrucken meine Worte nicht. Dabei weiß ich genau, dass sie mich versteht. Sie schnurrt, läuft Achten durch meine Beine und erwartet, dass ich sie streichle. Soll sie doch erst in mein Alter kommen, dann hat sie solche Ideen sicher nicht mehr.

»Später, Nuschi, wenn ich sitze. Dann kannst du auf meinen Schoß und deine Streicheleinheiten abholen.« Jetzt hat sie mich wieder verstanden, denn sie geht auf die Ablage an der Seite und springt hinauf, direkt vor ihren Napf.

»Miau. Miau.«

»Du musst mich nicht so hetzen. Erst der Kaffee und dann du!«

Ich lasse den Rollator stehen und hangle mich an der Küchenplatte zu Nuschi. Das Futter ist im Schrank direkt über dem Napf, so kann ich es mir leicht merken. Je näher ich komme, desto schneller bewegt sich Nuschis Schwanz. Sie ist so verfressen. Ich will sie nicht beleidigen, aber eine gute Mäusejägerin kann sie nicht sein.

»Gleich, Nuschi, ich bin ja schon da.«

Eigentlich wollte ich keine Katze. Oder war es Lissy, die keine Tiere wollte? Ich weiß es nicht mehr genau, ist aber egal. Lissy hat immer gewollt, was ich will und umgekehrt war es auch so.

Alex hat damals das Viech mitgebracht. Heimlich, wie er sagte, denn eigentlich darf er das nicht.

»Die können Sie gleich wieder mitnehmen, ich komme kaum mit Ela und mir über die Runden«, hatte ich sofort gesagt.

Leider oder Gott sei es gedankt zu spät, denn Alex hatte sie schon freigelassen und Nuschi stolzierte neugierig durch die Wohnung. Normalerweise, so erklärte mir Alex, verstecken sich die Tiere unter dem Sofa oder dem Schrank – nicht aber Nuschi. Ganz selbstverständlich erkundete sie jede Ecke, als würde sie feststellen wollen, ob ihr die neue Behausung zusagte.

»Jetzt packen Sie das Viech doch endlich ein«, hatte ich Alex angeschrien. Es tut mir jetzt noch leid.

Meine laute Stimme weckte Ela und sie fing auch an zu schreien, nur anders. Sie kann nicht reden, nicht so wie ich und Lissy. Alex lief sofort ins Schlafzimmer, Nuschi hinterher. Und dann passierte das Wunder. Die Katze legte sich an die Kleine und Ela war sofort still. Sie schaute nur noch mit großen Augen und lächelte. Bestimmt war das ein Lächeln. Und Nuschi schnurrte. Damit war sie eingezogen.

»Miau!«

»Ich mach ja schon, Nuschi. Ich muss doch nur die Dose zu fassen bekommen.«

Ich stütze mich auf der Küchenplatte ab, das hilft, auf die Zehenspitzen zu kommen. Gleich habe ich sie. Meine Finger sind schon dran. Noch ein wenig. Noch … Da kippt die Dose und kommt auf mich zugeschossen. Ich will danach greifen, mit der linken Hand … daneben.

»Herr Riemenschneider, Herr Riemenschneider, Paul!«

Es ist Alex' Stimme. Sie klingt wie in Watte gehüllt, wird lauter.

Zwinkernd öffne ich die Augen, erst das linke und dann das rechte. Es dauert einen Moment, die Lider fühlen sich an wie zusammengeklebt.

Ich liege auf dem Fußboden, der Junge ist über mir, seine Hand unter meinem Kopf. So langsam kommt die Erinnerung wieder. Nuschi sitzt neben mir und leckt mein Gesicht. Fluchend jagt Alex sie davon. Dabei hat sie es sicher nur gut gemeint und wollte mir helfen. Ich werde ihr nachher dafür mit einem Leckerli danken. So ein liebes Tier.

»Wie geht es Ihnen? Tut Ihnen etwas weh?«

»Ich weiß nicht. Hilf mir bitte, aufzustehen, dann kann ich es dir sagen.«

»Das geht nicht.« Der Pfleger schaut besorgt. »Ich muss den Arzt rufen, Sie könnten eine Gehirnerschütterung haben. Da ist eine blaue Beule auf Ihrer Stirn.«

»Nein, nicht …« Ich will mich allein aufsetzen, damit ich es ihm besser erklären kann.

»Bleiben Sie liegen.« Alex zieht ein Mobiltelefon aus seiner Hosentasche. Es ist riesig und wird größer und größer, verformt sich zu einem Damoklesschwert. Die Finger des Pflegers werden zu Rosshaaren, die es halten. Ein Haar nach dem anderen reißt in der Mitte auseinander, ich kann es hören.

Ich muss einen letzten Versuch unternehmen, ich muss uns retten. Ela und mich. Und auch Nuschi.

»Bitte nicht, Alex. Sonst sind wir weg.«

Der Junge schaut mich an. Verstört, verwundert, dabei weiß er es doch genau. Fragt er mich jetzt tonlos, was er tun soll oder fragt er sich selbst?

»In Ordnung.« Zwei Worte, die er nur zögerlich, beinahe widerwillig ausspricht. »Ich setze Sie jetzt auf. Dann legen Sie Ihre Arme um meinen Hals und wir stehen gemeinsam auf.«

Mehr als nicken kann ich nicht. Ich kämpfe mit meinem schmerzenden Kopf und der Erleichterung.

Zehn Minuten später sitze ich auf dem Sofa. Alex ist zurück ins Schlafzimmer, nachdem er meinen Blutdruck gemessen und mich abgehört hat. Wie ein richtiger Arzt. Durch die Tür höre ich, wie er telefoniert. Er wird doch nicht …

Kapitel 3

Es dauert eine Ewigkeit, bis Alex ins Wohnzimmer zurückkehrt. Er weicht meinem Blick aus. Sieht er denn nicht, dass ich tausend Fragen habe? Und tausend Ängste? Mindestens. Ich fühle mich ausgeliefert. Das ist ein guter Junge, beruhige ich mich, was mir nicht gelingen will. Der Pfleger hantiert in der Küche. Wenn ich die Geräusche richtig deute, gibt er Nuschi Futter. Das Leckerli, ich darf es nicht vergessen.

Ich kann mich auf mein Gehör verlassen, ich habe es gerade getestet. Ela höre ich zufrieden grunzen.

Mit zwei Bechern Kaffee kommt er zurück und setzt sich in den Sessel an der Seite. Er hat Lissys Tasse, das ist bestimmt ein gutes Zeichen. Wenn er daraus trinkt, dann wird er sicher Lissys guten Geist aufnehmen. Er wird uns beschützen. Schließlich ist er der Einzige, der aus dieser Tasse trinken darf. Jetzt rede doch, flüstere ich immer wieder in Gedanken. Sage mir, dass Lissys Geist schon wirkt.

»Ich habe einen Kollegen angerufen, der übernimmt meinen Patienten um halb neun.« Alex schaut mich ernst an. Das passt gar nicht zu ihm. »Paul, so kann das nicht weitergehen. Das ist zu viel für Sie allein. Mit Ela und so.«

»Ach Junge …«

Alex lässt mich nicht ausreden. »Ich weiß, ich bin noch nicht mal halb so alt wie Sie und hab noch nicht viel gesehen. Sie könnten mein Großvater sein. Aber ich bin Altenpfleger, ich weiß, wovon ich rede.«

»Würdest du deinem Großvater sagen, dass es so nicht mehr geht? Was passiert denn dann? Soll der Großvater ins Pflegeheim gehen? Kaserniert werden? Oder gleich abdanken …?«

Alex schweigt und schaut auf seine Kaffeetasse. Ob ihn meine Frage überrascht hat? Oder denkt er einfach nur nach?

»Wenn du nicht antworten willst, dann musst du nicht.« Ich glaube, ich war zu schroff zu dem Jungen. Er meint es nur gut, das weiß ich ja.

»Nein.«

»Das ist in Ordnung. Ich hätte nicht fragen sollen, nicht diese Frage.«

»Meine Antwort ist *Nein*. Ich würde meinen Großvater nicht in ein Pflegeheim lassen.« Jetzt schaut der Junge mich an.

Er ist ein hübscher, junger Mann. Gut, er entspricht nicht unbedingt dem, was Lissy und mir damals beigebracht wurde. Er hat lange Haare, weit über die Schultern, die er mit einem dünnen Gummi zum Pferdeschwanz bindet. Dazu trägt er einen Bart, den er in der Mitte immer zwirbelt. Während seine Haare braun sind, ist sein Bart rötlich, fast orange. Einen Ohrring trägt er auch und an den Armen hat er Tätowierungen, obwohl er nie im Knast war oder zur See gefahren ist. Aber er hat ein gutes Herz.

»Siehst du.« Seine Antwort tut mir gut. Alex will etwas sagen, aber ich lasse ihn nicht. »Ela und ich haben dich und damit kommen wir zurecht.«

»Paul, ich komme nur noch drei Mal. Eigentlich zwei Mal, wenn ich heute nicht mehr mitrechne. Morgen und am Montag.«

»Wieso denn das?« Jetzt bin ich völlig verwundert. »Haben Sie wieder Urlaub? Ich gönne Ihnen das wirklich.«

»Nein, ich höre bei dem ambulanten Pflegedienst auf. Ich habe es Ihnen erzählt und Sie haben es sich aufgeschrieben.« Alex nimmt meinem Zettel vom Tisch und hält ihn mir hin.

Ich will ihn jetzt nicht lesen, weiß gerade nicht, wo meine Brille ist. Außerdem schmerzt mein Kopf von der Bekanntschaft mit der Futterdose. Es wird schon stimmen. Weiß ich. Wenn ich jetzt nicht daran denke, dann sind die Probleme nicht da, die ohne Alex kommen werden. Er ist unsere einzige Hoffnung.

»Wenigstens für Ela müssen Sie eine Lösung finden, Herr Riemenschneider. Sie kann nicht den ganzen Tag liegen, muss mobilisiert werden. Zwei Mal lagern und die Matratze reichen nicht, sie liegt sich ganz wund. Sie ist doch eine Prinzessin.«

Alex soll schweigen. Was weiß er denn? Ich bin wütend, kralle meine Hände in die Sofadecke, dass sie schmerzen. Ich will nicht daran denken, jetzt nicht. Am liebsten nie.

»Wir haben versucht, was für unsere Ela zu finden, die Lissy und ich. Weißt du, wo unser Kind hinsollte? In ein Pflegeheim mit lauter alten Menschen, wo man mich jetzt auch einsperren will. Sie braucht doch Kinder um sich.«

Alex nickt schweigend, aber ich weiß nicht, ob dies Zustimmung oder Ablehnung bedeutet.

»Und ich will schon gar nicht in so ein Heim. Ich bin … ich bin noch lange nicht so weit!«

»Ela ist dreiundvierzig. Sie ist kein Kind mehr, sondern eine erwachsene Frau.«

»Das ist egal, sie bleibt immer unser Kind. Ich habe der Lissy versprochen, dass wir zusammenbleiben. Ihr Vormund bin ich, das habe ich schwarz auf weiß.« Und das lasse ich mir auch von ›denen‹ nicht nehmen, nur weil ich mal nicht weiß, was das Stündlein geschlagen hat.

Wo waren denn die ganzen gelehrten Menschen in all den Jahren, als Lissy und ich um Unterstützung für Ela gebeten, nein, gebettelt haben?

Ihr Kind kann nicht in den Kindergarten, das kann man den anderen Kindern nicht zumuten.

Ihr Kind ist nicht beschulbar, da können wir nicht helfen.

Ihr Kind kann nicht in die Werkstatt, da wird gearbeitet und nicht rumgelegen!

Und jetzt, jetzt wissen alle besser, was für mich und Ela gut ist. Scheint eine Frage des Alters zu sein, ob man interessant genug ist. Für das Leben war es Ela nicht, aber für ein Pflegeheim reicht es, dort pflegt man sie dann für den Tod.

Nicht aufregen, Paul. Das macht nur hohen Blutdruck. Stand in der ›Apotheken Umschau‹. Ich trinke vom Kaffee und schlucke mit ihm alle Zweifel hinunter. Mit Alex reden, ja, das würde ich gern. Wenn ich ihm sage, wie es um uns steht, vielleicht überlegt er es sich noch mal. Er ist ein guter Junge. Bestimmt hat er schon genug überlegt. Aber vielleicht …

Ela wimmert im Schlafzimmer. Sie spürt, wenn etwas nicht in Ordnung ist. Eigentlich müsste ich jetzt zu ihr gehen und sie beruhigen. Wenn niemand kommt, wird sie bald schreien.

»Ich gehe schon.« Alex steht auf, als hätte er meine Gedanken gelesen. Kaum hat er die Tür zum Schlafzimmer geöffnet, springt Nuschi im Zimmer herum. Sie spaziert abwechselnd in Richtung Fenster und zur Wohnungstür. Sicherlich will sie hinaus ins Freie, die alte Streunerin. Ich verstehe das, mich kitzeln die schwachen Strahlen der Märzsonne, auch wenn sie nur vereinzelt durch das Fenster fallen. Zuviel Sonne mag ich nicht, da verbrenne ich mich sofort. Früher, als meine Haare noch nicht weiß waren, da hatten sie einen rötlichen Schimmer. »Mein Füchschen« hat mich Lissy manchmal gerufen. Ich bin gern das Füchschen, so gern.

Heute geht es nicht mit der Nuschi. Ich schaffe die eine Etage nach unten nicht, um sie in den Garten zu lassen und später wieder zurückzuholen. Zweimal zwölf Stufen bis ins Erdgeschoss und dann die gleiche Anzahl wieder hoch sind einfach zu viel für Tage wie heute.

»Ich bringe die Nuschi raus, Paul.« Alex hat die Katze gepackt und das clevere Viech weiß genau, was er vorhat. Sie fixiert mich mit ihren grünen Augen. So geht das, will sie mir wahrscheinlich in ihrer Art sagen. Ich möchte ja auch, dass sie hinauskann. Wenn ich noch könnte, würde ich einen Spaziergang machen.

An Lissys Grab wäre ich gern. Wir sind ja halb zusammen.

Im Dezember war ich das letzte Mal vor der Tür, wenn ich mich richtig erinnere. Es schneite an dem Tag, winzige Flocken, nein, Sternchen waren es. Die wollte ich für Ela holen, die Kleine kennt doch keinen Schnee. Also nicht so richtig. Stattdessen fiel ich vor der Haustür hin. Die Nachbarin unten, die immer klopft, hat wahrscheinlich den Krankenwagen gerufen. Rausgekommen ist keiner, aber alle haben sie an den Fenstern gestanden. Sechs große Fenster, hinter fünf davon standen Augen und sahen mir dabei zu, wie ich nicht wieder hochkam. Nur an unserem Fenster stand niemand. Lissy war woanders, und Ela schrie nur, weil ich nicht bei ihr war.

Erst als der Arzt da war, hat der Nachbar oben rechts sein Fenster aufgerissen. »Nehmt den Alten mit und das plärrende Balg gleich dazu. Eine Zumutung ist das. Ich arbeite den ganzen Tag, und wenn ich abends meine Ruhe haben will, ist hier Terror im Haus. Früher hätte man das Problem anders gelöst!« Er knallte das Fenster zu, bis unten habe ich das Klirren vom Glas gehört.

Der Arzt hat nichts gesagt und mir mit den Pflegern wieder in die Wohnung geholfen. Verständnisvoll war er sogar, dachte ich. Keine zwei Tage später standen fremde Menschen vor der Tür und stellten sich als ›Medizinischer Dienst der Krankenkasse‹ vor.

Ich darf niemandem trauen, das habe ich mir dann gleich auf den Zettel geschrieben. Jetzt weiß ich nur nicht mehr, wo ich den Zettel hingelegt habe. Aber das vergesse ich sowieso nicht.

»Paul, haben Sie gehört? Ich bringe die Nuschi runter, in Ordnung?«

Dem Alex kann ich trauen, der ist ein guter Junge. Trotzdem möchte ich ihm nicht sagen, dass ich es heute nicht schaffe, sie wieder hochzuholen. Morgen ist es sicherlich besser. Der Pfleger schaut mich immer noch an und wartet auf eine Antwort. Welche will er denn? Meine Hände sind schon ganz schwitzig.

»Heute Abend bringe ich sie dann wieder mit herauf, wenn ich komme.«

Ach so, ja, die Nuschi. Das ist gut. Alex wartet nicht mehr auf mich, sondern geht mit der Katze hinunter. Ich freue mich für das Viech. Nachher werde ich mir den Sessel an das Fenster schieben, da kann ich beobachten, wie Nuschi im morschen Kirschbaum liegt. Er wird ja wohl nicht gerade heute zusammenbrechen, ich mache das auch nicht. Und im Wetterbericht haben sie was von Sonne gesagt.

Ela schreit. Bestimmt hat sie gemerkt, dass die Katze weg ist. Und auch noch der Alex.

»Ich komme, mein Schatz. Papa ist gleich bei dir.« Ich muss mich beeilen. Wenn das Kind erst richtig schreit, ist es so schwer zu beruhigen. Und wenn heute Samstag ist, sind alle im Haus. Da gibt es sicher wieder Ärger. Die warten doch nur drauf, dass sie sich bei der Hausverwaltung beschweren können. Und wieder bekommen wir einen Brief, dass wir ausziehen müssen. Wo sollen wir dann hin? Uns nimmt doch keiner mehr.

»Ela, der Papa kommt. Ich bringe dir auch ein großes Kissen vom Sofa mit.«

Diese Rollatoren sind schon praktisch mit ihrem Korb. So kann ich alles zu der Kleinen schaffen. Kurz vor der Schlafzimmertür bleibe ich einen Moment stehen. Ich schäme mich dafür und bin froh, dass Alex noch nicht zurück ist. Es fällt mir immer schwerer, in das Zimmer zu gehen und Ela so liegen zu sehen. Dabei bin ich ihr Vater und sie hat doch nur mich. Und den Alex, aber der ist auch bald weg. Zwei Tage noch, hat er gesagt.

Ich muss sie lieben, sie ist mein Fleisch und Blut. Und das von Lissy.

Manchmal denke ich, dass es leichter wäre ohne Ela. Dann schäme ich mich noch mehr und verbringe den ganzen Tag an Elas Bett. Damit sie merkt, dass ich es nicht so meine mit meinen Gedanken.

»So, Ela, der Papa ist schon bei dir. Du musst nicht mehr weinen.«

Das Kind scheint mich nicht zu hören und schreit einfach weiter. Groß ist sie geworden, bestimmt schon größer als ich, wenn sie sich strecken würde. Ela liegt immer nur krumm wie ein Baby. Nächsten Monat sind es vierundvierzig Kerzen auf ihrer Geburtstagstorte. Sie bekommt aber keine, wer soll sie backen, wenn Lissy nicht da ist. Alex wohl kaum. Ich würde es ja versuchen, im Wohnzimmer ist noch ein Buch mit Lissys Rezepten. Oder ich mache ihr einen Mett-Igel, der ist einfach. Da kann ich die Kerzen leicht reindrücken und die Nuschi hat auch was davon. Sie ist ja der einzige Gast.

Es muss nur ein guter Tag sein, damit ich es bis zum Edeka schaffe. Die haben feines Mett dort.

Alex macht sonst meine Einkäufe, aber ab Dienstag ist er … Ich werde es nicht hinbekommen ohne ihn. Ein bisschen Geld haben wir gespart, ich könnte ihn fragen, ob er bei uns bleiben würde. Dann bräuchte auch die Ellen nicht mehr kommen. Das ist eine gute Idee, ich muss nur noch überlegen, wie ich am besten anfange mit dem Gespräch. Ich kann ihm ja sagen, dass ich ein guter Chef bin. Das ist ein guter Anfang. Ein guter Plan.

Jetzt klopft es wieder an die Decke.

»Ela, höre auf, bitte. Wir bekommen nur Probleme. Du hörst doch, dass die Nachbarin schon verärgert ist. Schau, Papa sitzt hier, hier auf deinem Bett.« Ich nehme Elas Arm, damit sie mich spüren kann. Sie schreit weiter.

Wenn doch endlich Alex wieder oben wäre!

»Nein, Ela, bitte nicht. Bitte höre auf.«

Dem Kind geht es schlecht und sie schlägt um sich. Das tut mir schon nicht mehr weh, sie muss nur leise sein. Ich ziehe das Sofakissen aus dem Korb vom Rollator und halte es vor mich hin.

»Sieh mal, mein Liebes. Hier ist dein Lieblingskissen. Da ist ein großer Wauwau drauf.«

Sie schaut nicht und dreht sich so wild herum, dass mir das Kissen aus der Hand fällt. Jetzt liegt es vor mir. Immer wieder muss ich darauf blicken und auf Elas Mund. Den hat sie von Lissy. Es ist Lissys Mund. Ich darf nur daran denken und die bösen Gedanken nicht zulassen. Lissys süßer Mund, Lissys süßer Mund. Ich halte mir die Ohren zu und sage es immer wieder …

Rote Lippen soll man küssen. Rote Lippen soll man küssen. Lissys Lippen! Ela soll ihre Lippen nur schließen … bitte!

Dann stürze ich auf meine Gehhilfe zu und flüchte. Mit dem Rollator flüchten, es muss lächerlich aussehen. Ich fühle mich nicht lächerlich, nur erbärmlich.

Kapitel 4

Alex redet mit Ela. Vom Sofa, auf das ich mich gerettet habe, höre ich, dass sie leiser geworden ist, nur noch ein bisschen wimmert.

Warum, zum Kuckuck, schweigt sie bei ihm und nicht bei mir? Mag sie mich denn gar nicht mehr? Was hat sie nur gegen mich? Kann sie meine Gedanken lesen? Dann müsste sie doch auch wissen, dass ich mich schäme. Hoffentlich bleibt Alex noch lange bei ihr, ich kann nicht reden. Kann niemandem in die Augen schauen. Mein Gott, was habe ich nur gedacht! Ich bin ein Unmensch. Dieses Kissen muss vernichtet werden, ich darf es nie wieder anfassen. Alex soll mir ein Katzenkissen besorgen. Der Hund. Der Hund war der Fehler.

Wieder klopft es an der Tür. Was soll das heute? Warum?

Alex hat es nicht gehört und ich will ihn nicht rufen. Vielleicht ist es nur der Postbote, der zu faul ist, bis in den zweiten Stock zu laufen. Es ist mühsam, schon wieder aufzustehen. Meine Beine zittern mit meinen Armen um die Wette. Neun Schritte sind es bis zur Wohnungstür, sieben bis zum Schlafzimmer.

Ich mache einen großen Bogen darum, was mit dem Rolldingsda nicht einfach ist. Vor der Tür ist ein Spiegel neben der Garderobe. Sonst schaue ich immer kurz hinein, kontrolliere, ob ich ordentlich aussehe. So, wie Lissy es gewollt hätte. Jetzt senke ich den Kopf, um mich nicht sehen zu müssen – das Monster.

Vorsichtig öffne ich. Die Nachbarin von unten, das auch noch. Heute bleibt mir nichts erspart. Sie trägt einen grauen Sportanzug und riecht nach einer Mischung von Essen und Zigarettenrauch. Ich werde ganz freundlich sein, nehme ich mir vor. Dann kann sie mir doch nichts tun.

»Guten Tag, Frau Schneider, wie kann ich Ihnen helfen?« Ich glaube, ich konnte sie anlächeln.

Sie schaut nur mürrisch. »Helfen? Wollen Sie mich eigentlich verarschen? Wie oft soll ich Ihnen noch sagen, dass Sie gefälligst Rücksicht nehmen sollen! Das geht schon wieder den ganzen Morgen. Entweder schreit es aus Ihrer Wohnung oder es tut Schläge, als würden Sie die Möbel zerhacken.«

»Ja, Frau Schneider, es tut mir leid ... Ich hacke kein Holz in der Wohnung.«

»Leid. Leid hin, leid her. Das interessiert mich alles nicht. Ich renne die ganze Woche arbeiten und will wenigstens am Wochenende meine Ruhe haben. Das geht nicht nur mir so, sondern allen Mietern im Haus. Hier ist ein Brief von der Hausverwaltung.«

Sie hält mir einen Umschlag entgegen, den ich nicht nehme.

Meine Hände krallen sich an den Griffen des Rollators fest. Frau Schneider wirft ihn einfach in den Korb und tritt einen Schritt zurück. Im Obergeschoss ist eine Tür aufgegangen, aber es kommt niemand die Treppe herunter.

Ich bin wie gelähmt im Moment. Verdammt. Frau Schneider steht nicht das erste Mal wütend vor der Tür. Heute macht sie mir Angst. Immer war ich freundlich und höflich, obwohl sie es nie war. Man muss sich doch auch mit den Nachbarn vertragen.

Damals, als Lissy und ich hier eingezogen sind, waren die Menschen noch anders. Und wir haben hier einige kommen und gehen sehen.

Gut, ganz am Anfang, ich glaube 1968, gab es schon Getuschel. Ich war gerade neunundzwanzig geworden und Lissy bereits neununddreißig. Uns hat das nie gestört. Warum sollte es auch, Liebe kennt kein Alter. Die Zeiten waren nur anders, nicht wie heute, wo jeder lieben kann, wen er will. Die Tuschelei fand hinter vorgehaltener Hand statt, niemand war feindselig uns gegenüber. Ganz oft haben wir gemeinsam im Garten unter dem Kirschbaum gesessen, als der noch nicht morsch war. Haben gefeiert oder einfach nur miteinander geredet. Mit Karl und Anna verstanden wir uns besonders gut, die wohnten direkt über uns. Da, wo jetzt die Tür aufgegangen ist.

1969 bekamen die beiden ihr erstes Kind, Victor. Das Kind, das sich Lissy und ich so sehr wünschten. Nächtelang weinte mein Liebes vor Schmerz und Gram, und ich konnte sie nicht trösten in ihrer Trauer.

Als Victor zwei Jahre später ein Schwesterchen bekam, packte Lissy ihre Koffer.

»Du hast etwas Besseres verdient als mich. Paul, mein Herz.«

»Ich liebe dich, Lissy, was willst du?«

»Dir ein Kind schenken, wie jede Frau ihrem Mann ein Kind schenken will. Schau mich doch an?

In zwei Jahren bin ich vierundvierzig.« Lissy schlug die Hände vor das Gesicht und weinte, wie ich sie nie davor und auch nie mehr danach erlebt habe. Selbst dann nicht, als es mit Ela so schlimm war.

»Aber, mein Liebes, mein wundervolles Mädchen. Dich will ich doch, nur dich. Und wenn Gott uns nicht mit Kindern segnet, dann tut dies meiner Liebe zu dir keinen Abbruch.«

Lissy schüttelte trotzig den Kopf und wollte mir nicht zuhören. »Du mit deinem Gott, es gibt keinen Gott.«

»Doch Lissy, es gibt einen.«

»Gibt es nicht!« Jetzt funkelten ihre Augen. Das Thema Gott war das einzige, bei dem wir uns nie einigen konnten. Dass Lissy mich überhaupt kirchlich geheiratet hatte, war wohl ihr größter Liebesbeweis an mich. »Du machst die Kinder, mein Herz. Oder hast du das vergessen? Du bist bald einunddreißig, ein Mann in der Blüte.«

»Dann sage ich dir jetzt, Elisabeth Lissy Riemenschneider, dass ich froh bin, dass wir keine Kinder haben. So muss ich dich nicht teilen.«

Lissy wusste, dass ich log und ich wusste, dass sie es wusste. Gleichzeitig spürte ich auch, dass ihr Widerstand gebrochen war.

»Aber …«

»Maulhalten und weiterdienen! Wie man's uns beim Militär gesagt hat.« Ich schaute sie verwegen an und lachte einfach los. Was sollte ich auch sonst tun; Worte fand ich keine. Es dauerte nicht lang und sie stimmte in mein Lachen ein, mit dem wir unser Gespräch begruben. Mit Schwejk konnte ich mein Mädchen noch immer rumkriegen. Über ein Kind sprachen wir dann nie wieder. Doch die sehnsuchtsvollen Blicke meiner Frau entgingen mir nicht. Genauso wenig ihre Erleichterung, als Karl und Anna auszogen.

Ein gutes Jahr später war sie guter Hoffnung.

»Herr Riemenschneider, haben Sie mir eigentlich zugehört?«

Habe ich nicht, aber das will ich Frau Schneider nicht sagen, dies wäre zu unhöflich. Diese Erinnerung an mein Mädchen wärmt mich einen Moment, bis mich die Realität einholt. Besser gesagt, die Schneider.

»Ich versuche ja schon, leise zu sein. Es geht halt nicht immer.«

»Dann müssen Sie ausziehen. Sie und Ihr … Ihr Kind da.«

»Wo sollen wir denn hinziehen? Ich hatte Ihnen doch angeboten, dass ich nach unten in Ihre Wohnung ziehe und Sie nach oben?«

»In dieses Loch?« Frau Schneiders Stimme ist grell, fast hysterisch. »Hier steckt der Mief von fünfzig Jahren drin. Und dort, wo dieses Kind haust, da bekommen mich keine sieben Pferde hinein.«

»Frau Schneider, bitte …«

»Nichts da mit *bitte*. Es reicht. Sie sind hier unerwünscht. Und da bin ich nicht allein mit meiner Meinung. Damals schon, mit Ihrer Frau, da hätten Sie ausziehen sollen, bevor sie gestorben ist.« Die Nachbarin sieht mich mit einem fetten, hämischen Grinsen an. Ich sehe, wie ihr die Hörner aus dem Kopf wachsen und nehme den Schwefelgeruch wahr. Ihre Augen werden zu roten Feuerkugeln, die Blitze in meine Richtung schicken und mich nur um Millimeter verfehlen.

Meine Hände krampfen sich immer fester um die Griffe des Rollators und ich überlege kurz, einen

Schritt nach vorn zu machen und sie einfach über den Haufen zu fahren. Mit etwas Schwung würde ich sie bis zur Treppe stoßen, und sie fiele dann einfach hinunter. Stufe für Stufe, gar nicht leise. Ich sehe sie schon, wie sie auf dem Rücken liegt, ihre Hände und Füße nach oben streckt. Aus ihrer Hose ragt der Teufelsschweif und aus dem linken Schuh blitzt der Pferdefuß.

»Sie sind der Teufel«, kann ich noch sagen, bevor ich Alex an meiner Seite spüre. Er legt seinen Arm um meine Schulter und drückt mich leicht.

»Sie sehen jetzt zu, dass Sie hier vom Acker kommen und nehmen Nachhilfeunterricht in Sachen Benehmen!« Alex' Stimme klingt energisch und streng, und ich sehe, wie die Hörner auf dem Kopf der Schneider immer kleiner werden. Vor Alex hat sogar der Teufel Angst.

»Also, was bilden Sie sich ein, Sie haben mir gar nichts zu sagen! Sie wohnen noch nicht mal hier.« Frau Schneider keift und will auf Alex losgehen. Im letzten Augenblick überlegt sie es sich anders. Sie geht einige Schritte rückwärts. »Eines sage ich Ihnen: Der Alte und dieses plärrende Balg verschwinden hier. Und wenn es das Letzte ist, was ich tue. Was *wir* tun, das ganze Haus steht hinter mir.«

»Genauso ist das. Verschwinde mit deiner Brut hier. Wer weiß, was du mit ihr im Schlafzimmer so treibst, dass sie immer plärrt.« Das kam vom Nachbarn oben, ich habe doch richtig gehört, dass dort jemand ist.

Alex antwortet nicht, sondern holt mit dem Bein aus und knallt damit die Tür zu.

»Kommen Sie, Paul. Wir setzen uns noch einen Moment. Ich rufe an, dass mein Kollege meinen anderen Patienten auch noch übernimmt.«

»Sie müssen sich keine Mühe machen, Junge.« Ich bin völlig durcheinander. Einerseits möchte ich gern, dass der Pfleger bleibt. Es ist alles sicher, wenn er da ist. Andererseits sind so viele Dämonen in mir, die ich nicht kannte. Ich muss denken, versuchen zu denken.

»Es ist keine Mühe, ich mache das gern. Wir haben ja nur noch drei Tage, da biete ich immer mein Verwöhnprogramm.« Jetzt grinst der Junge über das ganze Gesicht und mich packt die nackte Angst. Wieder diese drei Tage! Er ist doch der Einzige, den ich noch habe. Wie kann er nur darüber Witze machen? Jetzt wäre eine gute Gelegenheit, ihn zu fragen, ich kann nur nicht. Ich muss mir erst alle Worte überlegen. Außerdem sehe ich gerade nicht wie ein Chef aus.

»Das ist nett von Ihnen, dir, Alex. Es ist mir nur momentan alles zu viel, ich möchte mich etwas ausruhen. Ela lässt mich bestimmt.«

Alex nickt, er ist immer so verständnisvoll. Und wie er vorhin den Teufel verjagt hat … »Ich komme heute Abend schon um fünf, statt um sechs. Dann kann ich auch die Nuschi noch bei Tageslicht einfangen.«

Während der Pfleger seine Sachen einpackt, schleiche ich besonders vorsichtig in Richtung Sofa. Neun Schritte. Dann überlege ich es mir anders. Noch drei Tage beschützt mich Alex und ich kann ganz normal laufen. Trotzig stampfe ich extra laut auf. Noch drei Tage …

Kapitel 5

Ich atme die Stille in der Wohnung ein. Dies geht ganz einfach, ich muss nur wie ein Fisch den Mund auf und zu machen. Lissy würde sich darüber köstlich amüsieren. Sie ist die Einzige, die das versteht.

Durch die Wände dringen die täglichen Geräusche der Nachbarn, die meine Ruhe nicht stören. Das Haus ist wirklich hellhörig.

Als ich auf den Rollator blicke, sehe ich den Brief der Nachbarin. In meinen Gedanken taucht der Höllenkopf von der Schneider auf und erzeugt Wut. Oder ist es schon Hass? Man darf nicht hassen, das zerstört alles Leben.

Demonstrativ schaue ich weg, hin auf den Tisch, auf das Bild von Lissy. Ich will Liebe sehen. Wie schön sie doch ist.

Öffne mich, öffne mich. Du kannst mir ja doch nicht entfliehen. Der Brief, dieses blütenweiße Rechteck, es spricht mit mir. Das ist nicht real, ich bilde es mir nur ein.

»Du bist nicht real.« Ich sage es laut, um meine Stimme zu hören.

»Jetzt antworte ihm schon, Paul, wehre dich. Du musst nicht immer alles nur hinnehmen, Liebster. Auge um Auge.«

»Lissy?« Das Bild meiner Liebsten vor mir ist unverändert, aber ich habe genau gesehen, dass sich ihre Lippen bewegten.

Ich bin also nicht real, ich, der Brief, der vor dir liegt, den du ohne Mühe greifen kannst. Aber das sprechende Bild einer toten Frau ist wahrhaftig. Du bist ein alter Narr.

Obwohl ich ganz ruhig auf dem Sofa sitze, beginnt sich alles um mich herum zu drehen. Lissy und ich haben immer geschmunzelt, wenn wir irgendwo lasen, dass jemand Stimmen hört. Und jetzt ich.

Ich verliere den Verstand. Sechs mal acht sind achtundvierzig. Das Alphabet hat sechsundzwanzig Buchstaben. Frau Merkel ist Bundeskanzlerin. Heute ist …

»Quäl dich nicht, Paul, mein Herz. Du bist ganz klar, sei ohne Sorge. Denke doch daran, wer dir diesen Brief gegeben hat.« Ach, Lissy, Liebes.

»Frau Schneider.«

»Ja, Frau Schneider. Was hast du noch gesehen? Wie sah sie aus?«

»Sie sah seltsam aus. Nicht wegen dieses Sportanzuges, obwohl sie gar keinen Sport macht, sondern sich ausruht. Was wahrscheinlich ein Paradoxon ist.«

Verdammt, jetzt rede ich ja doch mit dem Bild. Entschuldige, Lissy, *verdammt* darf man nicht sagen und denken. Aber es ist ja auch kein Bild, kein bloßes Foto. Es ist meine Liebste.

Was hatte sie noch mal gefragt? Die Frau Schneider, ach ja. Sie hat sich verändert, sie sah aus wie …

»Lissy, ich kann das nicht aussprechen.«

»Du musst es aussprechen, mein Herz. Nur wer die Gefahr kennt, der kann ihr trotzen.«

»Es war, als wäre sie der Teufel. Und nicht nur das, sie hat auch nach Schwefel gerochen. Ich habe mir das doch nicht eingebildet, oder?«

»Nein, Paul, es ist real, was du gesehen, wahrgenommen hast.«

Ich beuge mich nach vorn und nehme das Foto meiner Liebsten in die Hand. Der antike silberne Rahmen fühlt sich so kalt an wie immer. Warum sollte er auch warm sein, er liegt ja nicht auf der Heizung?

»Er ist kalt, der Rahmen ist kalt. Und jetzt rede ich nur mit mir: Paul, du bist ein Idiot!« Das hat gutgetan. Es hat gutgetan, mir das selbst zu sagen.

Da weiß ich genau, warum so ein Bilderrahmen kalt ist. Nicht nur das, ich weiß auch, warum er schwarz angelaufen ist, es ist halt Silber. Aber ich bilde mir ein, dass das Bild mit mir spricht, Lissy mit mir spricht. Und ein Brief. Ob ich jetzt verkalkt bin? Man hört ja schon, dass Menschen in meinem Alter wunderlich werden. Als ich jünger war, fand ich diese Vorstellung immer schön. Wunderlich zu sein, kam mir beinahe erstrebenswert vor, allein wegen des Wortes Wunder. Jetzt macht mir das alles Angst. Einen Marathon gewinne ich nicht mehr, das weiß ich selbst. Vielleicht einen im Pflegeheim, aber die werden wohl keinen veranstalten und ich will da nicht hin. Und Ela, der wäre ich auch gern ein besserer Papa, wie Lissy es will. Bis zum Regenbogen.

Nur, wenn ich nicht mehr richtig denken kann, was wird dann? Und Alex ist dann auch weg.

So, Lissy, jetzt habe ich mir meinen heimlichen Underberg gegönnt. Nach der ganzen Aufregung werde ich erst mal schlafen. Gemeinsamer Mittagsschlaf, darauf haben wir beide uns gefreut. Das war unser Ziel, wenn wir im Ruhestand sind. Unsere Freunde wollten Reisen und Hobbys, wir wollten nur zusammen Mittagsschlaf machen. Seit Elas Geburt warst du daheim, dabei hast du so gern unterrichtet. Deutsch und Geschichte. Wenn du von deinen Schülern erzählt hast, haben deinen Augen genauso geleuchtet wie in dem Moment, als du mir Ela das erste Mal gezeigt hast. 1973 war das noch nicht in Mode, dass die Männer auch mit in den Kreißsaal gehen, obwohl sie keine Kinder kriegen können. Darüber bin ich heute noch froh. Du hast dich nie beklagt, Lissy. Und ich habe bei Gericht in der Poststelle auch genug verdient, ich konnte dir jede Woche ein Buch kaufen. Den ›Schwejk‹, den habe ich dir als Erstes geschenkt, im Ledereinband. Den hast du so oft gelesen und trotzdem immer wieder an denselben Stellen gelacht. Vor allem über die Stelle mit dem geklauten Hund. Schau, Lissy, da muss ich selbst lachen, wenn ich nur daran denke.

Vielleicht ist Nuschi ja in Wahrheit ein geklauter Hund. Ich weiß, ich habe jetzt komische Gedanken, aber die sind Absicht und beunruhigen mich nicht. Das ist nur mein Übermut, weil es mir gerade gut geht.

»Schau dir Manuela an! Ist sie nicht das süßeste Baby auf der ganzen Welt?«

Lissy ist die süßeste Frau auf der ganzen Welt, auch wenn ich ihr ansehe, dass es nicht einfach war mit der Geburt. Das Baby gefällt mir auch. Mein Kopf kann nur noch nicht begreifen, dass dies da mein Kind ist.

»Warum Manuela? Wir wollten das Mädchen doch Johanna nennen. Nach meiner Mutter.«

»Jetzt ist es eben eine süße Manuela Johanna. Von Immanuel, mit uns ist Gott.« Meine Liebste strahlt.

Ich bin verwundert, weil Lissy doch mit dem da oben keinen Vertrag hat. Aber mein Glück ist stärker und Verwunderung ist auch ein Wunder.

»Meine süße Lissy, mein wundervolles Mädchen. Ich liebe dich unendlich.«

Drei Monate später war Gott nicht mehr mit uns, nur Ela war noch da. Und 1p36,3 Deletion Syndrome.

»Ihr Kind wächst nicht richtig, wird niemals sitzen oder laufen, geschweige denn sprechen, denken. Es wird vegetieren.« Das hatte der Arzt damals zu uns gesagt, als Ela nach ihrem ersten Anfall im Krankenhaus war. Ich warf ihm den Tacker von seinem Schreibtisch, hinter dem er sich verschanzt hatte, an den Kopf, und Lissy sprach eine Woche nicht mit mir.

Später hat sie mich gefragt, warum ich nichts Größeres genommen habe.

Deshalb bekam sie auch keine Taufe, soll in einem der Konzilsdekrete stehen. Konzilsdekret. Ich weiß bis heute nicht, was das ist. Kenne nur die Bibel. Genauso wie 1p36,3. Scheint aber beides Gottes Gesetz zu sein. Der Pfarrer meinte damals, dass Ela nie die Geheimnisse der Eucharistie begreifen würde. Wenn ich ganz ehrlich bin, habe ich das auch nie. Aber ich bin gewiss, dass Gott trotzdem bei uns ist.

Jetzt ist es schon halb sechs und der Alex ist nicht wieder da. Er wollte doch um fünf Uhr zurück sein. Ein Wunder, dass Ela noch nicht schreit. Das Kind weiß genau, wie spät es ist, obwohl sie keine Uhr kennt. Samstag und Sonntag hat sie immer schon um halb sieben Hunger, in der Woche erst zur vollen Stunde. Und wenn Alex sagt, dass er um fünf kommt, dann weiß sie das. Wahrscheinlich muss er die Streunerin, die Vagabundin, die, noch einfangen, das kann manchmal dauern. Endlich klopft es, das muss er sein. Vom Sofa aus kann ich sehen, dass ich die Kette gar nicht vorgelegt habe. Bestimmt auch nicht abgeschlossen. Das erschreckt mich, hier hätte jeder reinkommen können. Aber ich bin auch froh, so muss ich jetzt nicht aufstehen.

»Kommen Sie rein, junger Mann, die Bar ist offen!«

Alex kommt mit rotem Kopf und außer Atem herein und stellt seinen Rucksack neben die Garderobe.

»Wir werden doch nicht etwa alt?« Ich will Alex zum Lachen bringen. Seine Fröhlichkeit ist ansteckend.

»Sie haben gut reden, Herr Riemenschneider. Mit so einem Ferrari, wie Sie ihn haben, wäre ich auch schneller. Apropos Auto, ich bin ohne Auto hier.«

Ohne Auto? Das verwirrt mich jetzt, obwohl es mich gar nichts angeht. Alex scheint meine Frage zu ahnen und wartet gar nicht ab, bis ich sie stellen kann.

»Ich habe danach keinen Patienten mehr, deshalb habe ich mich selbst auf ein Schwätzchen zu Ihnen eingeladen. Aber erst kommt die Prinzessin dran.« Während des Sprechens hat er das rote Shirt übergezogen. Ela hat wohl gehört, dass er da ist, denn aus dem Schlafzimmer dringen glucksende Laute. Ich freue mich, kann mich aber nicht darauf konzentrieren, weil etwas fehlt und es mir gerade nicht einfällt.

Ach so! »Ja, Alex, das ist schön, aber wo ist denn die Nuschi? Hat sich das Viech wieder versteckt?« Ich mag gar nicht daran denken, dass die Katze nicht da ist. Ela wird dann die ganze Nacht nicht schlafen.

Alex schaut betroffen und weicht meinem Blick aus. Er kann ja nun wirklich nichts dafür, dass die Nuschi eine Streunerin ist. »Sie war nicht im Baum und ist auch nicht gekommen, als ich sie gerufen habe. Ich schaue später noch mal, die Prinzessin ist jetzt wichtiger.«

»Ja, Alex, ist schon gut. Aber du weißt ja, ohne die Nuschi kann die Ela nicht schlafen. Sie weint dann wieder die ganze Nacht und sie hat ja sonst nicht viel …«

»Die Ela kann ohne die Katze schlafen. Und Sie kommen auch ohne mich zurecht. Und … ach egal.«

Alex erschreckt mich. Was redet er denn da? Warum ist er laut geworden? Ich kann ihn nicht fragen, denn er ist im Schlafzimmer verschwunden. Vielleicht war es doch etwas zu viel verlangt, dass er die Katze mit nach oben bringt. Ständig tut er mir irgendwelche Gefallen. Ich kann ja selbst schauen, so bleibe ich beweglich. Nach unten könnte ich mich auf die Stufen setzen und eine nach der anderen hinunterrutschen. Muss nur warten bis nach acht, da sitzen alle vor dem Fernseher, dann sieht mich kein Nachbar.

Im Schlafzimmer ist es ungewöhnlich still. Ich höre doch den Alex und die Ela immer. Meine Kleine gluckst nicht mehr, wie sie es sonst macht, wenn der Pfleger bei ihr ist. Auf der Uhr im Wohnzimmer ist es schon fast halb acht, sonst ist Alex immer schneller. Nicht so schnell wie Ellen, die nach zwanzig Minuten schon wieder zur Wohnungstür hinaus ist und dabei kaum mehr als »Guten Tag« und »Auf Wiedersehen« sagt.

Endlich geht die Tür auf und Alex kommt heraus. Er holt seinen Rucksack und setzt sich zu mir. »Ich habe uns etwas Feines mitgebracht«, sagt er freundlich, als wäre nichts gewesen, und stellt einen Pappkarton mit sechs Flaschen Budweiser auf den Tisch. »Ich hole uns mal Gläser.«

»Ach was, Alex. Wir Männer sind doch Flaschenkinder.« Ich sage das nicht so laut. Wenn Lissy das hören würde, dann wäre sie sicher wütend. Aber über das Budweiser würde sie sich auch freuen, genauso wie ich mich jetzt. Der Junge ist so aufmerksam, ich habe schon fast vergessen, dass er mir vorhin direkt fremd war.

Alex öffnet zwei Flaschen und schiebt mir eine davon herüber.

»Prost, Herr Oberlajtnant.«

»Wenn schon, dann Na Zdravi, Sie Heuochse.«

Alex schaut verdutzt, lacht dann laut auf. Gleich darauf schaut er mich wieder ernst an.

»Das war nicht so gemeint vorhin, Paul.«

»Sie müssen sich nicht entschuldigen, ich bin wahrscheinlich selbst schuld. Sie sind ja schließlich kein Katzenjäger. Für so lahme Greise wie mich reicht es, aber bei Großwild …«

Der Junge bleibt ernst, das bin ich nicht gewöhnt. Schlimmer ist, dass er gar nichts sagt. Das macht die Stille so laut.

»Das ist es nicht, Paul. Es macht mir nichts aus, nach der frechen Nuschi zu schauen.«

»Was ist es dann?«

Jetzt nuckelt Alex an seinem Bier wie Ela an ihrer Schnabeltasse. Immer wieder nur kleine Schlucke. Meine Kleine macht das bestimmt, damit ich lange bei ihr sitzen bleibe. Sie sagt ja nichts. Aber Alex könnte doch etwas sagen. Ob ich ihn noch mal fragen soll? Der Junge hat doch was. Lissy hätte die richtigen Worte gefunden.

»Als ich meine Ausbildung zum Altenpfleger gemacht habe, da lag auf meiner Station eine ältere Dame, Frau Schmerle. Sie wollte immer, dass ich Oma Sasa zu ihr sage, aber in ihrer Biografie stand Frau Schmerle.«

»In ihrer Biografie?«

»Ach so, ja.« Alex schüttelt den Kopf. »Wenn die Bewohner zu uns kommen, dann schreiben wir alles auf, was wir erfahren können. Wer ihre Eltern waren, wie die Kindheit war, was sie für Hobbys haben und auch, was sie gern essen zum Beispiel. Was meinen Sie, was fast alle Bewohner nicht mögen und was es dennoch fast jede Woche gibt?« Alex schaut mich an und wartet darauf, dass ich ihm antworte. Ich habe nur überhaupt keine Ahnung. Ich esse fast alles, deshalb fällt mir nichts ein.

»Suppe vielleicht, weil die im Alter immer vom Löffel fällt?«

Jetzt lacht Alex endlich wieder. »Nein, Suppe ist okay, genauso wie Ihr schwarzer Humor. Neun von zehn Bewohnern mögen keine Leber. Und jede Woche gibt es diese verdammte Leber, die unangerührt im Müll endet.«

»Da hätten Sie doch immer paar Stücke für die Nuschi abzweigen können! Das wäre ein wahres Paradies für das Viech gewesen.«

»Ich bin nicht mehr in der Einrichtung. Jedenfalls: Es wird alles aufgeschrieben über die Bewohner, auch, wie sie angesprochen werden wollen. Und in der Biografie von der älteren Dame stand eben Frau Schmerle und nicht Oma Sasa.«

»Und was haben Sie gemacht, Alex? Es durchgestrichen und Oma Sasa hingeschrieben? Das ist doch wirklich einfach und gar kein Problem.« Ich bin mir sicher, dass der Junge sich nicht darangehalten hat.

»Ich habe sie mit Frau Schmerle angesprochen.« Alex merkt mir an, dass ich für den Moment ein wenig enttäuscht bin, deshalb setzt er auch gleich hinzu: »Das wäre auch nicht richtig gewesen. Meine Praxisanleiterin hat mir später mal gesagt, dass es Oma Zsa Zsa hätte heißen sollen. Frau Schmerle war ein großer Gabor-Fan. Jetzt stellen Sie sich mal vor, Paul, die Gabor hätte davon Wind bekommen, dass ich eine alte Frau wie sie nenne. Die hätte mir meinen Hintern bis nach Hollywood aufgerissen.«

Auch wenn ich schmunzle, bin ich immer noch enttäuscht. Ich möchte gern nachhaken, aber dann würde Alex dies vielleicht bemerken. Er ist ein guter Junge. Der schaut auch wieder ganz ernst.

»Frau Schmerle hat sich immer besonders gefreut, wenn ich Dienst hatte. Fast die ganzen drei Jahre, so lange ging meine Ausbildung.«

»Warum nur fast die ganzen drei Jahre? Haben …«

»… weil sie gestorben ist.«

Das hätte ich mir denken können, warum habe ich nur so blöd gefragt. Mensch Paul, reiß dich zusammen. Das scheint den Jungen immer noch zu bedrücken. Wenn er jetzt nicht weitererzählt, dann bist du schuld.

»Ich denke, Sie haben ein gutes Werk getan, dass Sie die Frau Schmerle nicht so angesprochen haben. Sie war sicher eine bemerkenswert schöne ältere Dame. Also wenn ich da an meine Lissy denke, die ist mit jedem Jahr schöner geworden.«

»Das ist es nicht, Paul. Es war kurz vor Ausbildungsende, da hat sich Frau Schmerle plötzlich zurückgezogen. Erst dachte ich, dass sie traurig wäre, weil ich bald fertig war und dann in einer anderen Einrichtung arbeiten wollte. Sie hat fast nur noch geschlafen, wenn ich in ihr Zimmer kam. Bald hat sie nichts mehr gegessen und getrunken. Ulla, die Praxisanleiterin, hat mir erklärt, dass es Zeit sei und Frau Schmerle bald gehen würde.« Alex schweigt einen Moment, aber nur ganz kurz. Er wirkt ruhig, doch seine Hände streichen unentwegt an der Bierflasche hoch und runter. Das Budweiser ist bestimmt schon warm und kocht gleich. »Ich hatte Glück, wenn man so was Glück nennen kann. Ulla hat die ganze Zeit dafür gesorgt, dass ich nicht dabei war, wenn jemand von den Bewohnern ging. Ich war immer nur Reihermeier.«

»Reihermeier? Was ist denn das?«

»Na ja, bei den älteren Leutchen geht oft mal was schief. Die einen schaffen es nicht aufs Klo oder in die Nierenschale, wenn sie sich übergeben müssen oder wenn sie eben müssen. Das muss ja aufgeräumt werden. Die einen Kollegen können mit dem gut, was von oben kommt, die anderen mit dem aus der anderen Richtung. Nur mit dem Tod, das können die wenigsten. Und ich war Reihermeier.«

»Es ist ja gut, dass Sie sich da so unterstützen.« Das Gespräch ist mir unangenehm. Nicht das über den Tod, sondern über die anderen Dinge. Liegt nicht an Alex, der macht daraus noch etwas Positives. Die Vorstellung, dass mir mal jemand … Die Lissy und ich, wir haben im Leben immer alles geteilt, aber nie gleichzeitig das Bad.

»Jedenfalls war Ulla eine gute Ausbilderin. Ich glaube, sie mochte mich besonders.« Alex grinst wie ein Lausbub, aber nur ganz kurz. »Nur bei Frau Schmerle, da war es anders. Der hatte ich versprochen, dass ich sie nicht allein lasse, wenn sie geht, und Ulla wusste das.«

»Und … hast du den Tod gesehen?« Meine Frage klingt sicherlich lächerlich und Lissy spaziert mit einem Mal in meinen Gedanken auf und ab. Ich möchte etwas Tröstliches von Alex hören. Plötzlich nehme ich gar nicht mehr wahr, wie viele Jahre zwischen uns liegen. Der Pfleger ist nicht mehr der Junge.

»Nein.«

Nur nein?

»Ich bin zu Frau Schmerle ins Zimmer gegangen und habe ihr gesagt: ›Oma Sasa, ich komme gleich.‹ Es war mir in diesem Moment egal, was in der Biografie steht.«

»Alex, wie lang ist denn so eine Biografie?«

»Das kommt darauf an. Manchmal sind es zwei, drei Seiten, manchmal aber auch nur zwei, drei Sätze.«

»Das ist wenig für ein ganzes Leben. Aber entschuldige bitte, ich wollte dich nicht unterbrechen, erzähle weiter.«

Alex holt tief Luft, als würde er sich damit Mut einatmen. »Es war keine Zeit. Ich konnte nicht wieder hingehen. Wir waren allein auf Station. Ich wollte und wollte … ich konnte nicht. Ständig klingelte ein anderer Bewohner. Und als ich endlich wieder in ihrem Zimmer stand, war sie tot.« Alex trinkt den Rest seines warmen Bieres leer und öffnet sich eine neue Flasche. Mir auch, obwohl meine noch halb voll ist.

»Stirbt es sich denn leichter, wenn man nicht allein ist?«

Während ich meine Frage stelle, denke ich selbst über eine Antwort nach. Denke an Lissy, wie ich ihre Hand hielt, obwohl ich schon lange kein Leben mehr darin spüren konnte. Wie ich gehofft hatte, dass durch meine Hand mein Lebensatem in ihre Hand und in ihren Körper fließt. In diesem Augenblick gab es nicht einmal Ela.

»Ich weiß es nicht. Viele Bewohner wünschen sich, dass sie nicht allein sind, wenn sie ihre letzte Reise antreten. Das klingt jetzt vielleicht abgedroschen, aber ich fühle es so. Die Menschen werden wieder zu Kindern, die zurück zur Natur gehen. Und bei der Geburt ist doch auch eine Hebamme dabei. Warum also nicht beim Tod?«

»Zu Gott.«

»Was meinen Sie damit?« Wieder schaut mich Alex an. Dieses Mal weniger verwundert, mehr erwartungsvoll.

»Sie gehen zu Gott und nicht zur Natur. Aber lass uns jetzt keine Grundsatzfragen diskutieren, wir wollten doch ein Männerschwätzchen machen. Dabei geht es um Frauen und um Fußball.«

Wieder lacht Alex und ich bin erleichtert, dass er auf mein Angebot einzugehen scheint. Das andere Thema wiegt viel zu schwer heute. Er nimmt einen kräftigen Schluck aus der Flasche und steht auf.

»Vor dem gemütlichen Teil gehe ich noch mal nach der Nuschi schauen. Falls wir Skatspielen wollen und uns der dritte Mann fehlt.«

Ich schaue Alex hinterher, wie er zur Wohnungstür geht. Wie schnell er ist. Kurz darauf höre ich seine Schritte im Treppenhaus. Er kann ruhig laut sein, bei ihm traut sich keiner zu schimpfen und gemein zu sein.

Seine Geschichte mit der Frau Schmerle lässt mich nicht los. Ich weiß nicht, ob ich allein sterben will oder nicht. Lissy ist ja nicht mehr ganz da. Bei ihr wollte ich sein, als es ihr schlecht ging. Aber ich wollte nicht, dass sie geht.

»Nachm Regenbogen, Paul. Nachm Regenbogen um sechs Uhr abends.« Das waren ihre letzten Worte. Danach schwieg sie, beinah zwei Tage. Ich erzählte ihr, streichelte sie. Und fragte sie wegen Ela.

Bestimmt kann ich allein sterben, aber ich kann nicht allein zum Regenbogen gehen.

‘

Kapitel 6

Der Brief fällt mir wieder ein, er liegt immer noch ungeöffnet im Korb meines Rollators. Ferrari hat der Alex dazu gesagt, also manchmal hat der Junge komische Gedanken.

Ich werde ihn schnell lesen, es muss ja sein. Post muss man öffnen und lesen. In all den Jahren bei Gericht habe ich in der Poststelle tausende Schreiben verteilt und verschickt. Viele habe ich auch gelesen. Ich musste sehr sorgfältig und genau sein. Das werde ich mir auch im Alter nicht abgewöhnen. Außerdem muss ich die Chance nutzen, dass ich ausnahmsweise mal weiß, wohin ich meine Brille gelegt habe und sie nicht suchen muss.

... geben wir Ihnen drei Monate Zeit, das Haus mit Ihrer Tochter zu verlassen. Eine entsprechende Kündigungsvereinbarung haben wir Ihnen zur Unterzeichnung beigefügt.

Sofern Sie diese nicht umgehend unterzeichnet zurücksenden, sprechen wir Ihnen bereits heute die fristlose Kündigung des Mietverhältnisses aus. Die Einreichung einer Räumungsklage behalten wir uns vor ...

Ob jetzt auch ein Underberg hilft? Ich muss warten, bis der Alex wieder oben ist, dann verrate ich ihm mein Versteck. Meine Beine zittern zu sehr, um jetzt dorthin zu laufen.

Drei Tage Alex, drei Monate Wohnung … vielleicht sollte ich drei Underberg trinken. Die sind auch bitter.

Alex ist wieder in der Wohnung und hat die Tür geschlossen. Ohne Nuschi. Er setzt sich zurück zu mir an den Tisch und nimmt ganz selbstverständlich den Brief in die Hand. Während er ihn liest, schaue ich aus dem Fenster. Aber nicht lange. Es ist dunkel draußen und was ich zu Gesicht bekomme, ist nur mein Spiegelbild. Das möchte ich jetzt am allerwenigsten sehen.

»Dieses herzlose Pack. Das ist unglaublich! Solche Schweine. Was wollen Sie jetzt machen, Paul?«

»Einen Underberg trinken.«

»Was?« Alex reißt die Augen auf.

»Einen Underberg. Da hinten, hinter dem Plattenspieler, da ist mein Versteck vor Lissy. Würden Sie mir vielleicht einen holen? Sie können natürlich auch …«

»Nein, nein, lassen Sie mal.«

Keine zehn Sekunden später steht die kleine braune Flasche mit weißem Schriftzug vor mir. Alex nimmt sie wieder zu sich und setzt an, den Verschluss zu öffnen.

»Unterstehen Sie sich, junger Mann. Ich habe es an den Beinen, aber nicht an den Fingern.«

»Entschuldigung, Eure Hoheit, ich bin doch nur der Vorkoster.« Er nimmt den Brief nochmals in die Hand und scheint ihn wieder und wieder zu lesen. Ich verstehe nicht, warum es so ist, aber es macht alles leichter, dass Alex da ist. Er wird damit fertig, wie heute mit der Schneider.

»Herr Riemenschneider, Sie werden sich doch dagegen wehren. Das können die nicht machen.«

Ich schüttle den Kopf. Um Alex eine Antwort zu geben, müsste ich darüber nachdenken. Und genau das will ich nicht. Heute Morgen habe ich schon genug gedacht und keine Lösung gefunden. Mein altes Hirn hat sich ausgedacht für heute.

»Paul, nun kommen Sie schon. Sie müssen etwas dagegen unternehmen, so leicht bekommt man Sie und die Ela nicht heraus. Wenn Sie es nicht für sich wollen, dann für die Prinzessin. Die haben keine Chance, Sie hier rauszubekommen, nicht nach tausend Jahren Mieterschaft. Ich bin noch zwei Tage da, ich kann Ihnen helfen, ein Schreiben aufzusetzen. Oder einen Anwalt suchen.«

Während der letzten zwei Jahre habe ich es nicht erlebt, dass der Pfleger so viele Sätze am Stück sprach. Alex ist betroffener als ich. Vielleicht bin ich aber einfach resignierter.

»Und dann? Dann schicken sie ›die‹ wieder und ich muss beweisen, dass ich noch alles alleine kann. Mit meiner Ela. Ich schaffe das nicht mehr, Junge.«

»Doch, das geht. Deshalb habe ich Ihnen doch vorhin die Geschichte von Frau Schmerle erzählt ...«

»... was wohl heißen soll, dass ich nicht allein sterben kann? Ich kann ja die Nuschi fragen, wenn sie wieder da ist. Ich kann ihr ja den Schwanz halten.«

»Anders!«

»Die Nuschi mir den ... Also Alex! Das möchte ich nicht.« Jetzt kann ich mich vor Lachen nicht mehr halten und Alex auch nicht. Bloß gut, dass ich nicht auf die Toilette muss. Verschämt schaue ich nicht in Richtung Lissys Bild. Vor ihr hätte ich so einen Witz auch nicht gemacht, sie ist eine Dame.

»Verzeih, Lissy«, flüstere ich sicherheitshalber lautlos und ohne die Lippen zu bewegen.

Alex wird schnell wieder ernst, viel zu schnell für mich. Ich spüre, dass er mir etwas sehr Wichtiges sagen will, aber ich habe heute keine Kraft mehr. Die Gedanken in meinem Kopf sind wie große schwarze Löcher, die sich gegenseitig auffressen und mir den letzten Rest Leben aus den Knochen saugen. Und dann noch die Nuschi nicht da, das wird eine grausame Nacht werden – Weinen und Wehklagen.

Dabei könnte ich ihn jetzt fragen. Vielleicht will er mir mit dieser Geschichte zeigen, dass er bei mir bleiben möchte. Das wäre ein guter Plan. Dann muss ich nicht das mit dem guten Chef sagen. Ein Freund wäre ich lieber, einfach ein Freund.

Ich werde von Minute zu Minute kleiner. Was ist das? Meine Arme und Beine ziehen sich in meinen Körper. Fell sprießt überall aus meiner Haut und mein ohnehin krummer Rücken wird zum Buckel. Meine Finger, alle zehn, werden zu Krallen. Damit könnte ich der Schneider ganz einfach den Sportanzug in Streifen vom Körper reißen. Das mache ich natürlich nicht, ich bin eine gute Katze, obwohl der Gedanke verführerisch ist.

Ja, ja, ich werde zu einer Katze. Mein Kopf hat schneller gedacht, als es meinen Augen aufgefallen ist. Das liegt sicher an dem vielen Knoblauch, meine Lissy hat doch recht wie immer.

Alex, sieh doch, was ich kann! Wir sind gerettet. Ich lege mich nachher zu Ela auf das Bett, dann kann sie die ganze Nacht schlafen. Und ich auch.

Warum antwortet der Junge denn nicht? Er bewegt noch nicht mal seinen Kopf! Ach, ich Dussel. Ich maunze doch nur und Alex spricht kein Katzisch.

Ich habe sogar einen langen Schwanz. Er liegt neben mir, und ich kann damit immer wieder auf den Boden schlagen. So wie die Nuschi. Das ist toll. Ich möchte nur nicht überlegen, woraus der gewachsen ist. Ob ich auch Katzenfutter fressen möchte? Bis jetzt merke ich noch nichts davon, habe noch keinen Appetit. Hätte ich gewusst, dass ich so einfach zur Katze werden kann, dann hätte ich mir ein Leberwurstbrot hingestellt. Ich muss mir das unbedingt auf meinen Zettel schreiben, vielleicht werde ich jetzt öfter zur Katze, also eher zum Kater. Dann kann die Nuschi auch mehr streunen, das arme Viech.

»Paul, Hallo!«

Was macht der Alex? Wieso haut er mir auf meine Pfote? Katzen muss man kraulen, Alex! Nein, halt! Bloß gut, dass mich der Junge nicht versteht. Der Gedanke, dass er mir über den Körper fasst, gefällt mir nicht, selbst als Kater. Vielleicht muss ich mich einfach daran gewöhnen.

»Ich gehe jetzt, Paul. Wir sehen uns morgen früh.«

Wie, morgen früh? Ich verstehe das gar nicht. Ich will mich jetzt einrollen, so wie das Viech es macht, und schlafen. Vielleicht schnurre ich sogar, das gehört ja irgendwie zum Katersein dazu.

»Tschüss, Paul, gute Nacht!«

Ein lauter Knall reißt mich aus meinen Gedanken. Alex hat beim Aufstehen eine Bierflasche umgeworfen und ich bin kein Kater mehr. Hoffentlich ist Ela nicht wach geworden! Der Junge steht immer noch wie angewurzelt da und schaut abwechselnd mich und die umgefallene Bierflasche an.

»Ich war wohl eingeschlafen, einfach so.«

Alex nickt freundlich.

Von meiner Verwandlung erzähle ich ihm lieber nichts. Wer weiß, ob das noch mal klappt.

»Alles gut. Wir reden morgen früh weiter. Dann überlegen wir, was wir mit dem Brief machen!«

»Ist gut, Junge.« Ich widerspreche Alex nicht, er ist ein guter Mensch. Er hat die Schneider verjagt, dann kann er bestimmt auch Briefe verjagen. Ich blicke ihm kurz nach, wie er die Wohnung verlässt. Ohne die Flasche aufzuheben.

Aus dem Augenwinkel sehe ich, wie mir das Fell, das eben verschwunden war, wieder zu wachsen beginnt. Ich warte jetzt noch ein Weilchen, dann gehe ich zu Ela. Ich will erst noch Nuschiwerden üben.

Kapitel 7

Als ich die Augen öffne, ist es Nacht. Aus der Küche leuchtet die rote Anzeige der Mikrowelle, ich kann die Uhrzeit aber nicht erkennen. So gut sind meine Augen nicht mehr. Dagegen funktionieren meine Ohren umso besser. Ela schreit aus dem Schlafzimmer.

»Ela, der Papa kommt. Psst, mein Schatz, Papa kommt.«

Es gelingt mir, ganz schnell aufzustehen. Beinahe zu schnell, denn mir wird ganz schwindelig und schwarz vor den Augen. Aber dafür ist der Rollator auch gut. Ich muss mich nur richtig an den Griffen festhalten, so wie jetzt, da kann es schwindeln, wie es will.

Immer, wenn es flott gehen muss, fährt das Ding nicht richtig. Rechts unten neben der Schlafzimmertür sind lauter schwarze Streifen und die Tapete ist abgeschabt.

Schmetterlingstapete. Die hatte der Lissy so gefallen, damals. Der Ela erzählte sie, dass unser Bett eine große Wiese sei und die Kleine eine Blume. Wenn sie ganz stillläge, dann flögen alle die Schmetterlinge zu ihr und tanzten. Ela hat sich nicht gewundert, dass die Schmetterlinge an der Wand kleben blieben.

Schmetterling du kleines Ding,
such dir eine Tänzerin!
Juchheirassa, juchheirassa,
oh, wie lustig tanzt man da.
Lustig, lustig wie der Wind,
wie ein kleines Blumenkind,
hei, lustig, lustig wie der Wind,
wie ein Blumenkind.

Ich höre Lissys Stimme immer noch, wenn ich ins Zimmer komme. Da kann die Kleine brüllen, wie sie will. Eine große Sängerin war meine Liebste nie, aber die Ela auch keine Tänzerin. Nicht mal ein Blumenkind.

»Elaschatz, jetzt hör doch auf. Schau mal, der Papa ist auch eine Nuschi.« Ich setze mich aufs Bett, aber nur auf die hintere Kante, wo kein Bettgitter ist. Auf der Beschreibung hat ›Bettseitenstütze‹ gestanden. Damit das Gitter nicht an ein Gefängnis erinnert, hat mir der Alex erklärt. Keine Ahnung, was eine Beschreibung an einer Erinnerung ändern soll. Für die Kleine ist es ein Gefängnis, auch wenn sie schon in sich selbst gefangen ist.

»Ela, komm, es ist gut.«

Sie weint und weint und lässt sich nicht beruhigen. Stattdessen schlägt sie um sich. Das Einzige, was sie kann, denn hoch kommt sie nicht. Ich bin nur froh, dass der Alex das Gitter mit Handtüchern umwickelt hat, so tut sie sich wenigstens nicht ganz so weh. Ich muss nur aufpassen, dass sie meine Finger nicht erwischt, wenn ich mich an dem Ding festhalte.

Diese scheiß Hilflosigkeit. Meine und Elas.

An meinen Armen wächst kein Katzenfell, wie vorhin. Ich werde einfach nicht zur Nuschi, obwohl ich die Augen zusammenpresse und es mir wünsche.

Das Lied mit den Schmetterlingen will ich nicht singen. Bei Lissy hat es auch nie geholfen.

Da, da ist es wieder, dieses Klopfen. Die Schneider haut wieder von unten gegen die Decke.

»Ela, psst, nun sei doch leise.«

Was soll ich nur tun?

»Ela, Liebchen. Papa ist da. Komm, schau.« Ich greife über das Gitter nach ihr, versuche, ihre Hand zu bekommen. Vielleicht hört das Kind heute schlecht und sie muss mich spüren. Meine Wärme, auch wenn ich kalte Hände habe. Wie immer, seit ich alt bin. Soll am Blutkreislauf liegen. Ela windet sich so sehr hin und her, dass ich sie nicht zu fassen bekomme. Das Licht der Nachttischlampe ist schwach. Soll es ja auch, damit es die Kleine beim Schlafen nicht stört. Trotzdem ist es hell genug, um Elas Augen zu erkennen. Sie sind verdreht, ohne einen Funken Leben.

Jetzt hat sie mich ins Gesicht geschlagen, ich hätte mich nicht so sehr zu ihr lehnen dürfen. Neben mir fällt etwas zu Boden. Anscheinend habe ich die Brille noch aufgehabt. Meine Hand erreicht Elas Mund und ich presse sie auf ihn. Sei doch still, bitte sei doch still. Das Heulen wird leiser, hört nicht auf. Ich drücke ein wenig mehr. Noch ein wenig mehr.

Wenn ich jetzt …

Ich sitze in der hintersten Ecke im Schlafzimmer auf dem Boden. Hier komme ich so schnell nicht wieder hoch und das ist auch gut. Was bin ich für ein Mensch?

Geworden?

Die Kleine wimmert nur noch. Die Schneider hat trotzdem schon wieder gegen die Decke geschlagen. Ich presse meine Hände gegen die Ohren.

Lissy, ich wollte das nicht. Lissy, bitte hilf mir doch.

Aus meinen Augen fließen Tränen, dabei dürfen Jungs nicht weinen.

»Mama, hilf deinem Jungen. Ich kann doch nichts dafür.«

»Jesus Christus war auch unschuldig und sie ham ihn gekreuzigt. Nirgendwo is jemals jemandem etwas an einem unschuldigen Menschen gelegen gewesen. Maulhalten und weiterdienen! – Wie man's uns beim Militär gesagt hat. Das is das Beste und Schönste.«

»Mama?«

»Ach, Paul, du bist doch kein kleiner Junge mehr. Hast du deine Liebste schon vergessen?«

»Oh meine Lissy, wie könnte ich denn dich vergessen? Niemals. Hast du gesehen, was ich beinahe getan hätte?«

»Ja.«

»Wann ist denn endlich nachm Regenbogen?«

Es klopft an der Tür. Das muss Alex sein, endlich ist Morgen und draußen wird es hell. Es dauert eine Weile, bis ich mich aus der Ecke rappeln und mit meinem Gefährt in Richtung Wohnzimmer bewegen kann. Wie ein Affe hangle ich mich erst an der Wand, dann am Fensterbrett nach oben. Die Tür ist auf, ich habe sie gestern nicht zugeschlossen. Trotzdem rufe ich nicht laut, dass Alex reinkommen soll. Sicher schläft das ganze Haus noch, ist ja Sonntag! Außer mir und Ela. Und natürlich der Alex.

»Immer herein, wenn es keine Schneider ist.«

Ich habe Angst, dass es nicht der Alex ist. Die Klinke wird langsam heruntergedrückt. Alex schaut nicht freundlich, so wie sonst. Er sagt auch nichts. Ob er vielleicht gekränkt ist, weil ich an unserem Männerabend eingeschlafen bin? Ich frage ihn später, jetzt muss ich ihm das erst mit Ela sagen.

»Das war keine gute Nacht mit der Kleinen. Sie hat unentwegt geschrien. Wenn die Nuschi heute kommt, dann lasse ich sie mindestens zehn Minuten warten, bis ich ihr Futter gebe.«

Alex steht immer noch in der Tür, hat sich keinen Millimeter bewegt. Und jetzt fällt mir auf, dass er ein Bündel auf den Unterarmen liegen hat. Seine Jacke, zusammengerollt, mit etwas darin. Ich ahne es, will es aber nicht hören. Mit beiden Händen halte ich mir die Ohren zu. Das hat schon in der Nacht nicht funktioniert.

Alex legt das Bündel auf den Boden und tritt auf mich zu. »Paul, nicht, warten Sie.« Im letzten Moment hält er mich fest, bevor ich auf den Rollator vor mir falle. »Kommen Sie, ich bringe Sie zu Ihrem Sessel.« Mit einem festen Griff dreht mich der Junge um und schiebt mich in die Richtung. Seine Stimme ist kräftig, stark. Vielleicht ist ja … ich habe Hoffnung. Ja, es ist nicht schlimm, bestimmt nicht.

»Alex, ist die Nuschi verletzt? Wir müssen erst mal dem Viech helfen. Ich habe das mit den zehn Minuten doch nicht ernst gemeint. Ich kann dem Viech doch gar nicht böse sein, sie ist eine Herumtreiberin, unsere Kleine.«

»Sie ist tot.«

Alex drückt mich in den Sessel und hockt sich vor mich hin. Wie klein der Junge jetzt ist.

»Tot? Das kann nicht sein, du musst einen Arzt holen.«

»Doch, Paul.«

»Nein, nein, das geht nicht. Sie war doch gestern noch so munter. Und sie ist doch noch ganz jung. Wie Ela, noch jünger.« Wie zählt man das gleich noch mal mit dem Katzenalter? Ein Menschenjahr ist … ja, richtig, sieben Katzenjahre. Oder umgekehrt? Ich weiß nicht mehr. Nuschi ist also zehn oder elf, denke ich.

Ich will wieder aufstehen, selbst nach der Katze sehen, aber Alex weicht keinen Stück zurück. Über ihn hinwegfliegen kann ich nicht. Aus seinen Augen fließen Tränen. Heute hat er trotzdem nicht recht, er ist kein Arzt. Ich will ihm nicht glauben, nicht heute und nicht, dass …

Der Junge greift nach meiner Hand, doch ich entziehe sie ihm sofort.

»Ist dieser marode Kirschbaum zusammengebrochen? Ich habe ja immer geahnt, dass das auf Dauer nicht gut geht.« Wirklich, ich habe es geahnt, auch wenn es auf keinem Zettel steht.

Alex schüttelt den Kopf. Das ist doch keine Antwort, er soll endlich erzählen. Der Junge lässt sich Zeit, zu viel Zeit für meine Begriffe. Was überlegt er denn?

»Paul, ich weiß nicht, was passiert ist.« Er klingt wütend, ich höre das.

»Gut. Was meinst du?«

»Sie ist vergiftet worden!«

Vergiftet? Was redet er da. Wer soll dieses arme Tier denn vergiften? Das macht doch niemand, so bösartig ist kein Mensch.

»Gib mir die Nuschi bitte her, ich will sie mir anschauen.«

»Nein, sie ist tot. Das bringt doch jetzt nichts mehr.«

»Ich will sie mir trotzdem anschauen. Entweder du gibst sie mir oder ich hole sie selbst. So ein kleines Kätzchen vergiftet doch niemand. Es wissen doch alle, wie sehr die Ela die Katze braucht.«

»Sie muss aus allen Körperöffnungen geblutet haben. Überall sind Blutreste. Das ist typisch für Gift. Vielleicht hat sie Rattengift gefressen. Paul, ich kümmere mich um die Prinzessin und dann schauen wir nach der Nuschi. In Ordnung?«

»Nein.«

»Wollen Sie einen Underberg?«

Jetzt schüttle ich den Kopf. »Ich will nach der Katze schauen! Zeig sie mir.«

Alex steht auf und holt seine Jacke mit der eingewickelten Nuschi. Während er die Jacke auseinanderfaltet, hoffe ich immer noch. Mit jeder Sekunde, die vergeht, sinkt meine Hoffnung.

»Reicht das?«

Ich nicke nur noch.

Es dauert, bis der Junge im Schlafzimmer verschwunden ist. Ich lausche und kann wieder keine gurgelnden Laute von Ela vernehmen. Das Bündel mit der eingewickelten Nuschi lasse ich nicht aus den Augen. Alles zerbricht.

Der Nachbar über mir, der Schreihals, hört englische Musik. Ich kann die Sprache nicht, zu meiner Zeit war das nicht gefragt. Für ›Highway to hell‹ brauche ich keine Übersetzung.

Gott spielt nicht. Das Leben ist kein Spiel und der Mensch kein hölzerner Kegel, den jede Kugel zufällig umwerfen kann oder ebenso zufällig stehenlassen kann.

Diesen Satz habe ich als junger Kerl mal in einem Karl-May-Buch gelesen und mir abgeschrieben. Sollte mein Kommunionspruch werden, nur der

Pfarrer war dagegen und hat mir nach allen Regeln der Kunst die Leviten gelesen. Wahrscheinlich habe ich ihn deshalb bis heute nicht vergessen. Jetzt gefällt mir der Spruch ohnehin nicht mehr, und ich bin mir unsicher, ob das mit dem Spielen so stimmt. Auf jeden Fall muss Gott einen seltsamen Humor haben. Er oder der Nachbar.

Ich brauche Luft, ich kann hier nicht mehr atmen. Das überkommt mich wie ein Schwall. Panik. Ich bekomme Panik. Mir fehlt sogar der Atem, um nach Alex zu rufen. Mit letzter Kraft ziehe ich mich am Sofa hoch und hangle zum Fenster. Dann drehe ich so fest an dem Fensterriegel, dass ein großes Stück Lack abblättert. Schon im letzten Jahr wollte die Hausverwaltung die alten, undichten Fenster in Kunststofffenster umtauschen. Ich bin froh, dass sie es nicht gemacht haben. Was hätte ich mit Ela anstellen sollen, wenn die fremden Menschen in der Wohnung gewesen wären? Außerdem mag ich das Holz, die vielen Lackschichten, die abblättern wie Laub im Herbst.

Von oben kann ich sehen, wie die Schneider ihren Müll in die Tonne drückt. So, als wäre nichts gewesen.

Mörderin!

»Geht es Ihnen jetzt besser?« Wut nimmt in mir den Platz ein, wo ich eben noch Panik gespürt habe. Am liebsten würde ich einen Blumentopf nach ihr werfen, habe aber keinen. Nur eine Plastikblume, die ist pflegeleichter.

Die Nachbarin dreht sich nicht um, schaut nicht zu mir hoch. Wahrscheinlich tut sie nur so, als hätte sie mich nicht gehört.

»Geht es Ihnen besser?« Jetzt schreie ich.

Die Schneider bewegt sich und sucht danach, woher die Stimme kommt. Hier, du Teufel. Hier bin ich. Du musst gar nicht so tun, als wüsstest du das nicht. Jetzt hat sie mich entdeckt, zumindest scheint es so.

»Was wollen Sie?« Ihre Stimme klingt feindlich wie immer.

»Was hat Ihnen meine Katze getan? Sie war eine freundliche, kleine Streunerin, die sich einfach gern gesonnt hat.«

»Ihre Katze? Was habe ich mit Ihrer Katze zu tun?«

»Sie haben Sie umgebracht. Vergiftet!«

Jetzt schweigt die Schneider. Bestimmt überlegt sie sich eine Ausrede. Mich kann sie nicht täuschen. Los, gestehe! Mörderin!

»Hören Sie auf zu schreien! Ich komme hoch!«

Oh nein, das habe ich nicht gewollt. Die soll nicht hochkommen. Was will sie dann tun? Mich auch noch umbringen? Oder Ela? Ich sehe, wie die Schneider von den Mülltonnen in Richtung Haus läuft. Kurz darauf höre ich, wie sie im Treppenhaus die Stufen nimmt. Ob ich Alex rufen soll?

Nein, das kläre ich jetzt selbst mit ihr. Ich mache zwei Schritte nach vorn und greife nach dem Rollator. Es hat schon geklopft. So schnell bin ich nicht an der Tür, aber das werde ich der nicht sagen. Soll sie doch warten. In meiner Hektik merke ich gar nicht, dass ich den Rollator verfehlt habe und ohne ihn zur Tür gelaufen bin. Die Erkenntnis lässt mich einen Moment straucheln, dann reiße ich mich zusammen. Ich schaffe das. Vielleicht ist das sogar besser so, bestimmt nimmt mich die Schneider dann für voll. Wie gern wäre ich jetzt so groß wie Alex. Oder eine von Karl Mays Figuren. Old Shatterhand passt gut zu mir. Mit der Hand hatte ich noch nie Probleme und alt ist sie auch.

Sie steht vor der Tür, das kann ich hören. Leichter Schwefelgeruch ist auch wieder da, ich habe eine gute Nase. Die Schneider wartet, dass ich öffne. So geduldig ist sie doch sonst nicht.

Du kannst Old Shatterhand nicht täuschen, Bleichgesicht.

Heftiger als gewollt reiße ich die Tür auf. Es ist eine Genugtuung, wie dieses Weibsbild zusammenzuckt. Da sieht sie mal, wie es mir geht, wenn sie nachts mit ihrem Besen einen Schweizer Käse aus ihrer Zimmerdecke macht. Und aus meinen Nerven.

Die Sprachlosigkeit der Nachbarin hält zu meinem Leidwesen nicht lang genug an. Dabei bin ich noch nicht so weit, lege mir die Worte zurecht.

»Was brüllen Sie für einen Müll aus dem Fenster? Fängt das jetzt auch an?«

»Müll? Meine Katze ist tot. Elas Katze. Und Sie, Sie haben sie umgebracht. Sie alle hier. Einfach so. Das unschuldige Tier.« Ich würde gern weiterreden, aber ich merke, wie mir wieder die Luft knapp wird.

Zumindest war ich so laut, dass Alex aus dem Schlafzimmer kommt und sich hinter mich stellt. Mit seinen langen Haaren könnte er Winnetou sein. Er müsste nur den Gummi rausmachen, Indianer haben keinen Pferdeschwanz, glaube ich mich zu erinnern.

Die Schneider explodiert gerade, ich kann die Bombe ticken hören. Ihr Gesicht ist puterrot und die Hände hat sie in die Hüften gepresst.

»Sie, Herr Riemenschneider ... Sie ... Jetzt haben Sie den Bogen ein für alle Mal überspannt. Das ist eine verdammte Unverschämtheit! Was bilden Sie sich ein? Eine Katze, ich würde nie einer Katze etwas tun. Was kann denn eine Katze dafür ... für das alles hier?«

»Ach ja? Und warum können Sie dann mich und Ela nicht einfach in Ruhe lassen? Weil wir keine Katzen sind?« Am liebsten würde ich jetzt hysterisch lachen. So wie der Kinski, Lissy konnte den zeitlebens nicht leiden. Paul Riemenschneider kann ein guter Schauspieler sein. Ich lasse es aber, sonst unterstellt sie mir nur, dass ich verrückt sei.

»In Ruhe lassen? Sie lassen uns doch nicht in Ruhe und schikanieren das ganze Haus mit Ihrem Lärm. Warum sind Sie nur so stur? Sie schaffen das doch schon lange nicht mehr. Und Ihre Tochter gehört in eine Einrichtung, wo man sich vernünftig um sie kümmert.«

»Was Herr Riemenschneider schafft oder nicht schafft, das können Sie überhaupt nicht beurteilen.« Alex stellt sich demonstrativ neben mich.

»Aber du kannst das beurteilen? Findest du es nicht merkwürdig, dass der mit seiner Tochter in einem Bett schläft? Die ist über vierzig.«

»Was erzählen Sie da? Und außerdem: Haben wir schon einmal zusammen Schweine gehütet oder warum duzen wir uns?« Alex klingt wütend, und ich will die Schneider nur noch loswerden. Die gibt das sowieso nicht zu. Was unterstellt diese Unperson mir eigentlich? Es bringt doch nichts.

»Lass gut sein, Alex!«

»Ich habe es lang genug gut sein lassen!«

Ich bin völlig überrascht von dem Jungen. Mit Freude, Schadenfreude, nehme ich wahr, dass die Schneider einen Schritt zurückgeht. Gleichermaßen erschreckt mich Alex, so aufbrausend habe ich ihn noch nicht erlebt.

»Die alten Menschen, behinderte Menschen, alle haben ein Recht auf ein selbstbestimmtes Leben. Ob Ihnen das nun passt oder nicht.«

»Und Katzen auch …«, füge ich hinzu, ganz leise. Miau, miau.

»Ich habe mit der Katze nichts zu tun. Ich liebe Tiere.«

»Sie lieben …?« Alex läuft zur Tür und knallt sie zu. »So eine impertinente Kuh. Tiere liebt sie, jawohl. Aber für Menschen hat sie nichts übrig. Dumme Sau!«

Mir wird schwindelig. Ich weiß nicht, ob es daran liegt, dass ich schon fast fünf Minuten ohne Hilfe stehe, oder am Ausbruch des Jungen. Er fasst mich unterm Arm und gibt mir Halt.

»Entschuldigen Sie, Herr Riemenschneider, aber irgendwann platzt auch mir der Kragen. Es tut mir leid.«

»Paul!«

»Was?«

»Immer, wenn du meinst, etwas ausgefressen zu haben, nennst du mich Herr Riemenschneider. Jetzt bleib doch bei Paul.«

»Ach so, das. Na dann. Ich bringe Sie jetzt erst mal zum Sofa.«

»Ist das vielleicht selbstbestimmt? Absitzen auf dem Sofa? Vielleicht will ich ja in die Kneipe, einen draufmachen. Mit Lissy war ich früher immer im ›Krokodil‹. Da habe ich mein Tanzbein geschwungen, da wäre Fred Astaire vor Neid blass geworden. Vor Ela …« Ich schäme mich, dass ich das hinzugefügt habe. Aber es stimmt doch. Als Ela da war, da haben wir höchstens noch über den Tellerrand geschaut und manchmal nicht mal das. Außerdem ist Nuschi tot und mir fällt nichts Besseres als die Kneipe ein.

Alex belustigt mein Einwand, denn er grinst kurz über das ganze Gesicht. »Würde für den Augenblick ein Underberg reichen? Ich muss mich erst noch für die Party schminken.« Es soll lustig klingen, aber der Ton seiner Stimme verrät ihn.

»Aber nur auf einem goldenen Tablett auf dem Sofa serviert.« Ich bin heilfroh, dass er mich dorthin führt.

Alex stellt den Kräuterschnaps vor mich hin und setzt sich auf den Sessel gegenüber. Ich kann den jetzt wirklich brauchen, mein Ausritt war hart. Alex-Winnetou kann sicher auch einen brauchen, aber er lässt mich nicht zu Wort kommen.

»Mal ernsthaft, Paul. Ich bin ja nur noch heute und morgen bei Ihnen. Hier in Frankfurt gibt es ein Lokal ›Zum Schwejk‹. Ich habe das im Internet gefunden. Das ›Krokodil‹ gibt es nicht mehr, aber das war ja auch in Kassel. Lassen Sie uns doch hingehen zum Schwejk!«

Hat der Junge mich das jetzt wirklich gefragt oder trügt mich mal wieder mein Verstand? Ich schaue ihn an und er schaut mich an. Es sieht aus, als würde er tatsächlich eine Antwort erwarten.

»Für die Späßchen bin ich hier zuständig. Privileg des Alters.«

»Nein, ich meine es ernst, warum denn nicht?« Alex lässt nicht locker und irgendwie gefällt mir das. Ich kann mich nicht erinnern, wann ich das letzte Mal in einer Kneipe war. Und das liegt garantiert nicht an meinem Hirn und den Kräutern aus der ›Apotheken Umschau‹, die ich nicht nehme. Der Junge meint es sicher auch gut mit mir, es ist verlockend. »Dann können wir auch gleich in den ›Kelch‹ nach Prag fahren. Wenn du schon waghalsige Pläne schmiedest, warum nicht das? Oder zum Mond fliegen, den Mars erkunden. Nuschi zum Leben erwecken …«

»Warum ist meine Frage so abwegig? Ich meine es wirklich e r n s t.«

Wie lang er doch die Buchstaben von so einem kurzen Wort ziehen kann. Bemerkenswert. Seine Entschlossenheit berührt mich ein weiteres Mal. Eine schöne Vorstellung.

Eine Reise nach Prag, die hat sich Lissy immer gewünscht. Wir haben oft darüber gesprochen. Wenn es ganz arg war mit Ela, dann haben wir geplant, was wir alles anschauen wollen. Da konnte ich auch noch laufen wie ein Wiesel. Oder Füchschen. Und wenn es wieder leichter war, haben wir geschwiegen. Geträumt manchmal, jeder für sich.

»Ach komm, Alex …«

»Überlegen Sie es sich doch. Ich gehe noch mal zur Prinzessin, ich bin vorhin nicht fertig geworden.« Alex bleibt sitzen und schaut mich unverhohlen an. Worauf wartet er? Er soll ruhig gehen, ich laufe schon nicht weg. Das Schlafzimmer ist hier gleich rechts, Herr Alex. Er will zu Ela und ich soll überlegen. Ich kann das nicht, wenn er mich so ansieht. So erwartungsvoll. Beinahe wie ein Bub, der auf das Christkind wartet. Es bedrückt mich, erdrückt mich. Was für Gedanken er sich gemacht hat, der Alex, er meint es so gut. Er ist heute schon wieder so lang bei uns, das passt in keinen Pflegeplan. Er bekommt doch die ganzen Minuten vorgeschrieben. Nur, wenn er so gut ist, warum bleibt er dann nicht einfach ganz? Wir können nicht ohne ihn.

»Ich kann das nicht. Ich schaffe eine solche Reise nicht.«

»Aber die letzte Reise schon?«

Was ist nur mit dem Alex los? Warum ist er auf einmal so? »Die letzte Reise? Ach, Alex, was weißt du denn davon?«

»Mehr, als Sie denken! Ich gehe zur Ela.«

»Halt, nein, du kannst so was nicht hinwerfen und dann gehen.«

»Paul! Überlegen Sie es sich. Ich rufe schon mal Roxy an.«

Der Junge verschwindet im Zimmer nebenan. Warum ist er nur so ... komisch? Sonst hat er mich immer verstanden. Und die Ela auch, obwohl die nicht redet. Ich kann nicht einfach in die Kneipe gehen. Oder verreisen. Ich kann noch nicht mal die letzte Reise antreten, da hat er schon recht. Was soll aus der Ela werden? Und wer verdammt ist Roxy?

»Wer verdammt ist Roxy, Alex?«

Der Junge antwortet mir nicht.

Abwechselnd schaue ich von der Schlafzimmertür zu dem Bündel mit der Nuschi und zurück. Die hat es geschafft, die ist jetzt im Katzenhimmel hinter dem Regenbogen. Hoffentlich hat sie dort auch einen Kirschbaum. Am besten mit einer Leiter, dass sie vom Himmel gut zur Ela runterschauen kann.

Hat das Katzenviech gerade gezuckt? Soll ich ihr jetzt ein wenig Futter hinstellen ...? Wenn die Dose mich gestern an der richtigen Stelle getroffen hätte, dann hätte ich es überstanden. Ich kann das nicht mehr aushalten, Lissy. Alles nicht mehr. Am liebsten würde ich mit der Nuschi tauschen.

Diese Nächte mit Ela, immer ihr Schreien, immer die Besorgnis, dass gleich wieder ein Nachbar ankommt – ich kann nicht mehr. Und in meinem Kopf wird es auch komischer. Ich habe mir ja vorgestellt, dass man es nicht merkt, wenn man wunderlich wird. Ist aber nicht so.

Vielleicht hat Alex recht und ich sollte mit ihm in die Kneipe gehen. Aber selbst das wird ein Trauerspiel werden. Ich brauche fünf Minuten, um ein Bier zu trinken und danach fünfzehn Minuten, bis ich es zum Klo geschafft habe. Und wenn ich das Pinkelbecken erreicht habe, tja, ist auch nicht die Moldau, die ich dann rauschen höre. Wenn nicht gerade die Schallplatte hängt.

Die Moldau, Prag, Kelch – eine schöne Vorstellung, das alles zu sehen …

»Hach, Paul, Jesusmaria, Himmelherrgott, ich erschieß Sie, Sie Vieh, Sie Rind, Sie Ochs, Sie Idiot, Sie. Sind Sie so blöd?«

»Lissy?«

»Wer sonst, mein Liebster?«

»Warum sagst du das?«

»Weil ich nicht weiß, warum du überlegst.«

»Aber Lissy, ich kann doch nicht, also wie stellst du dir das vor? Was ist mit Ela? Und es war doch unser Traum. Wir zusammen in Prag.«

»Na und? Jetzt machst du es mit Alex, dann kannst du es mir erzählen, wenn du kommst. Schreibe dir alles auf.«

»Ich kann noch lange nicht kommen, die Ela …«

»Die bringst du mit!«

»Bist du dir sicher, Lissy?«

»Paul, es hat geklingelt, ich mache auf. Wir bekommmen Damenbesuch! … Paul?«

Ich muss wohl kurz eingeschlafen sein. Kein Wunder nach dieser Nacht. Alex läuft flott an mir vorbei in Richtung Wohnungstür. In meinen Ohren klingen Worte wie Damenbesuch und Klingeln. Ich habe kein Klingeln gehört. Und Damenbesuch?

»Nur herein, wenn es keine Schneider ist.«

Keine Sekunde später tritt eine junge Frau ins Zimmer. Wird der Alex rot? Ich kann es nicht genau sehen. Nur sein Lächeln fällt mir auf. Wenn man dieses Grinsen von Ohrläppchen zu Ohrläppchen noch Lächeln nennen kann.

»Hallo, Roxy, schön, dass du es hinbekommen hast.«

»Moin, moin, Lexi.«

Das ist also Roxy. Sie gefällt mir. Der Melodie ihrer Stimme nach muss sie aus Norddeutschland stammen. Anstatt Alex die Hand zu geben, haut sie ihm ihre kleine Faust in die Schulter und schaut ihn keck an. Sieh mal einer an, diese Kleine. Warum hat der Alex mir nie von der erzählt? Ob sie der Grund ist, dass er nicht mehr zu mir und Ela kommen kann?

Ich würde die beiden gern still weiter beobachten, doch Roxy hat mich erspäht und kommt direkt auf mich zu. Der Junge hätte mich wirklich darauf vorbereiten können. Das gestreifte Hemd ist kein Hemd für Besuch. Und die Hose ist auf dem linken Oberschenkel bekleckert, aber da kann ich meine Hand drauflegen. Ich bin ja zum Glück Rechtshänder.

»Moin, Herr Riemenschneider, ich bin die Roxy.« Das Mädel streckt mir freundlich die Hand hin und ich traue mich gar nicht, danach zu greifen. Ich komme auch gar nicht dazu, weil sie sich einfach meine Hand schnappt. Dabei beugt sie sich zu mir nach vorn, dass mir fast ihr Pferdeschwanz ins Gesicht schlägt.

Roxy, der Name klingt lustig und passt zu ihr. Nach dem Aussehen könnte sie auch Schneewittchen heißen.

»Hallo, Frau Roxy. Freut mich.«

»Roxy ist seit einem halben Jahr meine Kollegin. Und privat verstehen wir uns auch gut. Als Kumpels.«

Der Alex wieder. Es amüsiert mich, wie er alles erklären will und das Wort ›Kumpels‹ betont.

»Jetzt quatsch hier mal keine Opern, Lexi. Ich will die Prinzessin kennenlernen. Man muss ja mal schauen, was die Konkurrenz so macht.« Wie ein Wirbelwind fegt das Mädchen zu Alex zurück und fasst ihn an der Hand. Als wäre es das Selbstverständlichste auf der Welt, verschwinden beide im Schlafzimmer. Keine Minute später höre ich Elas gurgelnde Laute und weiß, dass sie glücklich ist. Wie machen die das nur?

Ob ich Kaffee zubereiten soll? Lissy hätte bestimmt welchen angeboten. Oder ist Tee besser? Wenn das Mädel von der Küste kommt, dann trinkt sie sicher Tee. Wir müssten auch noch welchen haben. Ich glaube, der ist im Schrank mit dem Katzenfutter. Hinter den Dosen, da komme ich jetzt nicht so einfach ran. Es war eine bescheuerte Idee, ihn dort zu deponieren. Tee beim Katzenfutter. Die Nuschi ist keine Teetrinkerin.

Mist, gerade hatte ich für einen Moment das arme Viech vergessen. Jetzt muss ich wieder zu der Stelle schauen, wo Alex sie abgelegt hat. Ab wann fangen Tote eigentlich zu stinken an? Sicherlich nicht so schnell, wie man sie vergessen hat. Sieht man ja an mir.

Ich werde jetzt aufstehen und ihr eine Schale Futter hinstellen. Als Letzte Ölung sozusagen.

Dieses Mal gelingt es mir, eine Dose ohne Unfall aus dem Schrank zu angeln. Den Inhalt packe ich auf einen weißen Teller mit Goldrand. Lissy, schimpf nicht. Ich weiß ja, dass du nie wieder von dem Teller essen würdest, wenn mal Futter drauf gewesen wäre. Mir macht so eine kleine Katzenzunge nichts aus.

»Paul, was machen Sie denn da? Die Nuschi ist tot.« Alex steht neben mir an der Spüle und Roxy beobachtet uns mit etwas Abstand. Er steht so da, als würde er mir jeden Moment den Teller entreißen wollen.

»Das weiß ich doch.« Manchmal frage ich mich, für wie senil mich der Junge hält.

»Sie wollen doch nicht etwas selbst …?«

»Lass Paul doch«, mischt sich Roxy ein. Ihre Stimme klingt wie ein Befehl.

»Aber doch nicht Katzenfutter!«

»Das ist getestet, da kann nichts passieren!«

»Hast du sie noch alle? Er ist ein Mensch und soll kein Tierfutter aus der Dose fressen.«

»Wenn er es will …«

»Ich will es nicht!« Jetzt habe ich auch lauter gesprochen. Die beiden schauen mich an, als wäre ich gerade vom Mars in die Wohnung gefallen. »Ich will das der Nuschi hinstellen, als Reiseproviant sozusagen. Wenn sie über die Regenbogenbrücke geht.« Von der Letzten Ölung erzähle ich lieber nichts.

»Reiseproviant ist eine gute Idee.« Die Roxy steht auf und kommt zu uns in die Küche. »Ich schau mal, was sich bei Ihnen so im Kühlschrank tummelt. Ist ja Sonntag.«

»Der Nuschi reicht das.«

Eine seltsame Stimmung liegt im Raum. Entweder ist das Nuschis Aura oder irgendwas passiert gerade.

»Nicht für die Nuschi, für uns.« Alex klingt bestimmt und unsicher zugleich.

»Genau!« Roxy öffnet die Kühlschranktür und beginnt, darin zu kramen. Ihr Kopfschütteln zeigt mir, dass sie nicht zufrieden ist. Ich weiß gar nicht, was sie erwartet. Für die Ela und mich reicht das. Die Kleine bekommt gerade nur ihre Astronautenkost. Seit Lissy nicht mehr kocht, will sie einfach nichts anderes. Und ich brauche auch kein Wildschwein mehr, um satt zu werden.

»Lexi, da werde ich nicht viel zaubern können!« Das Mädchen schaut kurz in Richtung Alex und dann zurück in den Kühlschrank. Trotzdem beginnt sie, ein paar Sachen auf die Küchenplatte zu stellen.

»Bis zu den Tschechen wird es reichen. Und dann gibt es fette böhmische Knödel!«

Bis zu den Tschechen? Ich verstehe, was Roxy sagt, aber nicht, was sie will. Alex nickt nur und schaut mich an. Grinst er?

Kapitel 8

Die Bäume links und rechts der Straße rauschen an uns vorbei oder wir an ihnen. Ich kann noch nicht begreifen, dass ich mich wirklich darauf eingelassen habe.

Alex und ich sind seit einer halben Stunde auf dem Weg nach Prag. Im Kofferraum ist die Nuschi in der Kühltasche. Ich habe sie mit einem Kissen zugedeckt, obwohl das absurd ist. Der Junge sagt kein Wort und ich weiß auch nicht, wie ich ein Gespräch beginnen soll.

Was könnte ich auch sagen, in meinem Kopf herrscht Chaos. Mehr als sonst schon. Der Rollator, der fällt mir ein, und ich verwerfe den Gedanken gleich. Ein Rollator ist kein gutes Gesprächsthema. In der Wohnung ist der ja in Ordnung, aber hier draußen? Wer nimmt mich denn damit für voll?

Sachen. Ich könnte nach Sachen fragen. Der Alex war gar nicht mehr zuhause und ich denke, der hat keine Ersatzkleidung für paar Tage dabei. Er sieht so schon reinlich aus, der braucht doch sicher welche. Und länger als einen Tag wird es bestimmt dauern. Oh mein Gott, zwei Tage, das ist wie zwei Wochen für mich.

Nur für Ela fahre ich mit. Ich muss sie vor mir schützen, sie hat doch nur mich.

Wenn ich mit Alex gesprochen habe, dann wird sicher alles gut. Außerdem kann die Nuschi ihre letzte Reise auf der Moldau antreten. Das Wasser wird ihr schon nichts ausmachen, sie war ja oft bei Regen im Garten.

Wir lassen die Nuschi zum Regenbogen fahren, hat Alex gesagt. Und diese Roxy hat *Regenbogenparty* gerufen. Da wusste ich nicht mehr, was ich sagen sollte. Das hat sonst nur Lissy geschafft. Was wird meine Liebste denken, wenn nicht ich komme, sondern das Viech? Hoffentlich ist sie nur sauer, denn enttäuschen wollte ich sie nie.

Ich muss endlich Alex fragen. Es ist kaum noch Zeit und ich kann nur ihn festhalten, nicht die Zeit.

Lexi, sagt die Roxy zu ihm. Lex, wie Gesetz, ganz lateinisch. Ich kann kein Latein, aber früher in der Poststelle habe ich das Wort oft gelesen. Manche Anwälte haben es zehn Mal auf einer Seite geschrieben, meistens die Männer. Als ob »Das ist Lex« besser klingen würde als »Das ist Gesetz«. Roxy weiß das bestimmt nicht. Aber sie ist bei der Kleinen, bis wir wieder da sind. Sie hat auch ein gutes Herz.

Irgendwie ist das auch meine letzte Reise … Na ja, die vorletzte.

»Geht es Ihnen gut, Paul?«

Alex schaut mich an, dabei soll der doch lieber auf die Straße sehen. Seine Stimme klingt unsicher, nicht wie sonst. Hat er auch Zweifel? Noch könnten wir ja zurückfahren.

»Ich weiß nicht. Wahrscheinlich besser als der Nuschi. Ich bin zu müde, um zu denken.«

»Wollen Sie sich nach hinten setzen? Dann können Sie bis Prag schlafen.«

Der Junge meint es wieder gut. Über die Frage, wie ich halbwegs gekonnt bei einem Zweitürer auf die Rückbank komme, macht er sich wahrscheinlich keine Gedanken. Habe ich ja in seinem Alter auch nicht.

»Mit Salto oder ohne?«

»Ach, Paul, jetzt stellen Sie sich mal nicht an.«

»Ich und anstellen? Wer sitzt denn hier voller Abenteuerlust im Auto? Mit einem lausigen Fahrer?«

»Wie, lausiger Fahrer?« Alex will empört klingen, aber ich sehe das Grinsen, das er sich nicht verkneifen kann. Das macht mir wieder das gute Gefühl, das ich immer habe, wenn der Junge da ist. So, als könnte ich es immer noch schaffen. Ich darf nur nicht an die letzte Nacht denken.

»Ob es auch gut geht mit der Ela und der Roxy?«

»Roxy ist eine tolle Pflegerin. Die liebt ihren Beruf. Und die Prinzessin hat Roxy sofort ins Herz geschlossen. Wir können sie ja über WhatsApp fragen, da kann sie uns auch ein Bild schicken.«

Alex kramt mit der linken Hand sein Handy aus der Hosentasche, was nicht ganz einfach zu sein scheint. Ich kann mir nur mühsam verkneifen, auf den Tacho zu schauen. Ist auch egal, ob wir nun mit hundert oder zweihundert Kilometer in der Stunde einen Unfall verursachen.

»Was ist dieses Wäps?« Lissy und ich haben solche Sachen nicht gebraucht. Wenn wir reden wollten, dann sind wir zu den Leuten hingegangen. Und je älter wir wurden, desto weniger gab es mit anderen zu reden. Es wurden auch immer weniger Leute. Dafür hatten wir uns. Mit jedem Jahr inniger. Manchmal haben wir uns Zettel hingelegt mit

Zitaten aus Büchern, die wir gerade lasen. Das fehlt mir. Lissy fehlt.

»Ein Nachrichtendienst. Da kann man sich unterhalten oder Bilder schicken. Ich mache das nachher, wenn wir anhalten.«

»Wie lange fahren wir denn? Kennst du überhaupt die Strecke?«

»Alles gut, Paul. In einer Stunde oder anderthalb sind wir in Nürnberg und dann sind es noch gute drei Stunden bis nach Prag. Ich war früher oft mit meinen Eltern dort.«

Seine Eltern? Es ist das erste Mal, dass der Junge sie erwähnt. Ich finde das komisch. Wahrscheinlich, weil ich wieder mal vergesse, dass er eigentlich nur die Ela pflegen soll. Wir sind ja keine Freunde. Oder Kumpels. Ich glaube, heute sagt man Kumpels, das ist moderner. Gefällt mir aber nicht.

Und jetzt sitzt der Junge mit mir im Auto. Wir sind wie Deserteure.

»Sag mal, Alex. Du bekommst aber auch bestimmt keinen Ärger? Selbst ohne meinen Zettel weiß ich, dass erst morgen dein letzter Tag ist.«

»Da machen Sie sich mal keine Sorgen. Roxy regelt das schon für mich. Und wenn nicht, dann ist es eben so.«

Irgendwas hat der Junge, das merke ich. Vielleicht hängt das mit dieser Roxy zusammen. Der Name fällt ganz schön oft dafür, dass Alex sie bisher nie erwähnt hat. Das hätte ich mir ganz sicher gemerkt. Auf mein Namensgedächtnis war ich immer stolz. Bei Gericht kannte ich fast alle mit dem Namen. Nur zuletzt nicht mehr, da waren es zu viele. Aber ganz früher.

Hauser, Hans Hauser ist einer davon. Der ist mir besonders in Erinnerung geblieben. Herr Hauser kam immer im Anzug zum Gericht geradelt und schloss das Rad direkt vor dem Gerichtsgebäude an. An seinen Hosenbeinen hatte er Wäscheklammern aus Holz. Bestimmt, damit die Hose nicht in die Räder kam. Er hat sie nur immer vergessen abzumachen. Zerstreuter als ein Professor war der. Bei mir hat er immer die ›Korrespotenz‹ abgegeben. Jedes Mal, wenn der kam, habe ich nur auf dieses Wort gewartet. Mit einer Hand kniff ich mir fest ins Bein, damit ich nicht lachen musste. Ja, ja, der Herr Hauser, wegen dem hatte ich so manchen blauen Fleck.

Einmal gab es einen großen Prozess und alle Gerichtsgebäude waren abgesperrt und die Polizei kontrollierte ringsherum. Da haben sie dem Herrn Hauser das Rad geklaut. Haben einfach das angeschlossene Vorderrad im Ständer gelassen und sind mit dem Rest weg. Was hat der Mann geflucht und die Polizei beschimpft. »Ihr Blinden, ihr Schnarchnasen, ihr müsst doch sehen, wenn jemand ein Fahrrad ohne Vorderrad rausschiebt!«, hat er immer wieder gebrüllt. Danach hieß er bei uns in der Poststelle nur noch der Mauser. Brachte mir wieder blaue Flecke ein. Lissy lachte wochenlang darüber. Jeden Tag erfand sie einen neuen Hauser-Mauser-Witz. So komisch …

»Was ist so lustig, Paul?«

Ich bin irritiert über seine Frage. Durch die Frontscheibe kann ich sehen, dass wir von der Autobahn abfahren, direkt zu einer Tankstelle. Das ist gut, dann kann ich mich erleichtern.

»Was meinst du denn?«

»Sie haben gerade leise vor sich hin gelacht.«

»Ja, habe ich das?« Ich weiß nicht, was der Junge meint. Ich habe an irgendwas gedacht, aber das fällt mir gerade nicht ein. Jetzt muss ich überlegen, wie ich hier zu einer Toilette komme. Der Rollator, ach ja, ich wollte nach dem Rollator fragen und das ist mit Sicherheit nicht komisch. Wenigstens kennt mich hier niemand.

»Haben wir meinen Rollator dabei, Alex?«

»Müssen Sie den auch betanken?« Der Junge hat angehalten und tippt auf seinem Handy herum.

»Eher anders herum.« Es ist mir peinlich.

Alex hebt nur kurz den Kopf in meine Richtung, dann tippt er weiter. »Klar habe ich den im Kofferraum. Aber die paar Schritte, da helfe ich Ihnen schon. Sie können mich auch Rolli nennen.«

»Aber …« Ich sage lieber nichts mehr. Eigentlich ist es mir ja recht.

Alex hält mir sein Handy hin. »Hier, schauen Sie mal. Die Prinzessin, ausgehfein.«

Meine Ela in diesem Ding? Ich kann gar nichts erkennen und weiß nicht, wo meine Brille ist. Wäre ich doch daheim geblieben, dann wüsste ich, wo ich überall suchen muss. Zuletzt hatte ich sie in der Küche, glaub ich. Oder war es doch hier im Auto? In meiner Jackentasche ist sie schon mal nicht.

»Suchen Sie Ihre Brille? Die ist hier in der Mittelkonsole.« Alex reicht mir die Brille, die ich auf- und gleich wieder absetze. Sie ist so dreckig. Wenigstens weiß ich, wo ich nach meinem Taschentuch suchen muss.

Meine Hosentaschen sind leer.

»So ein Mist. Ich habe kein Taschentuch dabei. Das ist mir seit fünfundvierzig Jahren nicht passiert. Lissy hat mir immer ein Taschentuch hingelegt.« Kein gutes Zeichen. Nein wahrlich, das ist kein gutes Zeichen. Meine Liebste würde mich nie ohne Taschentuch aus dem Haus lassen. Auch wenn sie

nicht weiß, dass ich es nur für die Brille benutze.
»Wir müssen wieder heimfahren.«

»Warum?«

»Ich habe kein Taschentuch.«

»Aber Paul, doch nicht wegen eines Taschentuchs. Wir können hier an der Tankstelle schauen, die haben bestimmt Papiertaschentücher.« Alex hat seine Hand auf meine Schulter gelegt. Im Moment möchte ich das nicht, auch wenn er es sicher wieder gut meint.

»Das ist ein schlechtes Zeichen und ohne Taschentuch kann ich nicht verreisen. Meine Lissy hätte das nie zugelassen. Nicht einen Tag. Und diese Papierdinger, die kommen uns nicht ins Haus. Da waren wir uns immer einig. Nur Stofftaschentücher, die man auch stärken kann.«

»Okay, Paul, ich werde den Ausnahmezustand ausrufen. Da nebendran in der Raststätte gibt es garantiert Tischdecken. Ich klaue uns eine und schneide Ihnen zehn wunderbare Taschentücher aus.« Der Junge grinst mich frech an. Und wieso zehn? Ich brauche doch immer nur eins am Tag. Der will doch nicht etwa …?

»Wieso zehn Taschentücher? Du willst doch nicht etwa so lange bleiben? Das geht doch nicht, was soll denn mit der Ela werden? Nein und nochmals nein!« Ich darf mich nicht so aufregen, das hat die Lissy auch gemeint. Dann bekomme ich keine Luft. Die Lissy hat mir immer gesagt, was in der ›Apotheken Umschau‹ stand. Selbst die Sachen mit der Prostata, obwohl das nicht schicklich ist. Da ist sie sogar mit ihren achtzig Jahren noch rot geworden.

»Wir bleiben höchstens zwei Tage, alles gut. Wenn man mich nicht verhaftet als gemeinen Tischdeckenräuber. Lassen Sie uns aussteigen.«

Gemeiner Tischdeckenräuber. Der Junge weiß, wie er mich zum Lachen bringen kann. Auch ohne Taschentuch.

Ich kann mir vorstellen, wie er maskiert in die Raststätte stürmt und »Hände hoch, das ist ein Überfall!« ruft. Er muss nur einen Finger in die Jacke stecken, damit es wie eine Pistole aussieht. Die machen dann bestimmt ein verblüfftes Gesicht, wenn er eine Tischdecke verlangt.

»Paul?«

»Ja, ja. Ich komm. Aber ich sollte doch erst schauen wegen der Prinzessin.«

»Das können wir auch nachher machen.« Er wartet gar nicht ab, dass ich etwas sagen kann, und steigt einfach aus. Der wird mich doch jetzt nicht hier sitzen lassen. Ich muss doch …

Nein, er kommt zu meiner Tür und öffnet sie. Zwei, drei Handgriffe und der Junge hat mich aus diesem Gefängnis befreit. Ich merke, dass er darin Übung hat. Und schnell ging es auch. Trotzdem schmerzen die Stellen, an denen er mich angefasst hat. Wie muss es da erst der armen Ela gehen? Warum habe ich noch nie darüber nachgedacht?

»Jetzt aber auf, Paul. Ich muss dringend, Konfirmandenblase.«

Stimmt, ich muss ja auch. Jetzt müssen wir uns wirklich beeilen. Wie auch immer das aussehen soll.

»Das ist eine Verschwörung. Jedes Mal, wenn ich unterwegs pinkeln muss, ist ein Reisebus vor mir da und vierzig Leute müssen pinkeln. Zwanzig davon erforschen die Funktion des Drehkreuzes, und der Rest leiht sich gegenseitig Kleingeld, das dann doch nicht reicht. Boah, Mensch!« Alex hat mir zurück ins

Auto geholfen und steht an der Beifahrertür. Er sieht genervt aus, beinahe blass.

»Vielleicht sollten wir umdrehen. Das ist aberwitzig.«

»Quatsch, Paul, wir werden doch nicht auf halbem Wege umkehren. Schon gar nicht wegen einer Pinkelaffäre.«

»Nimm es halt als Geschichtsunterricht. So was hat schon ganzen Präsidenten den Kopf gekostet, denk mal an Watergate.«

Alex lacht los, wie ich mir schon dachte. Ich kann über meinen Witz nicht lachen. »Ist das schon der halbe Weg, Alex?« Das kommt mir komisch vor. Ich habe es mir länger vorgestellt. Trügt mich mein Zeitgefühl? Könnte sein, denn in Alex' Auto hängt keine Uhr, auf die ich schauen kann.

Ich trage schon lange keine Armbanduhr mehr. Meine Handgelenke sind dünner geworden, da sah die Uhr fast wie ein Gürtel aus. Das letzte Loch des Lederarmbandes hat nur solange gereicht, bis Lissy nicht mehr da war. Seltsam, dass mir das gerade heute einfällt.

»Ach Paul, das ist eine Redewendung. Vierhundert Kilometer haben wir noch, aber immerhin. Schauen Sie doch mal das Bild von Ela an.«

»Wo ist ein Bild von Ela?« Meine Kleine. Ich kann sie nicht allein lassen, ich habe es der Lissy versprochen. Ohne die Nuschi kann ich auch nicht bei ihr sein. Ja genau, es fällt mir wieder ein: Ich muss mit Alex reden.

»Auf dem Handy, warten Sie, ich zeige es Ihnen.« Alex tippt kurz auf sein Handy und hält es mir hin. So wie vorhin schon. »Und voilà, hier ist auch Ihre Brille, mit feinstem Damast auf Hochglanz poliert!«

An dem Alex ist ein Komiker verloren gegangen.

Auf dem Handy ist tatsächlich ein Bild … von einem Mädchen. Die Haare sind zu Zöpfen geflochten und es trägt Lissys Kleid. Das kleine Weiße mit den Mohnblumen, das meine Liebste so geliebt hat. Die Wangen des Mädchens sind rosig. Und sie liegt in unserem Bett.

Lissy?

Ich muss mir die Augen reiben, was nicht geht wegen der doofen Brille. Ist das Lissy? Aber, aber was ist da passiert?

»Lissy?« Mehr bringe ich nicht raus und halte Alex das Telefon hin. Meine Hand zittert wie Espenlaub. Auch wenn ich nicht weiß, wie das zittert, aber man sagt es halt so.

»Nein, das ist Ela. Roxy hat die Prinzessin feingemacht.«

»Ela? Lissy? Ela! Ela ist das?«

Ich kann es nicht glauben. Ich will das Bild nochmals ansehen, aber es ist alles schwarz. Narrt mich mein Verstand? Der Junge hat es bemerkt und lehnt sich zur Tür herein. Dann drückt er auf einen Knopf und das Bild ist wieder da. Elas Bild, wie Alex sagte. Ich erkenne unser Bett und auch ein wenig von der Schmetterlingstapete. Aber Ela erkenne ich nicht. Mit dem Teufel hätte ich gewettet, dass das meine Lissy ist. Mit dem Teufel oder der Schneider.

Entschuldige bitte.

Gott, ich brauche einen Fels, um darauf zu stehen in dieser fließenden Welt. Ich brauche einen Boden, der nicht wankt in der bebenden Welt. Ich brauche einen Weg, um mich nicht zu verirren in dieser verwüsteten Welt.

Das hab ich mir mal aufgeschrieben, obwohl ich kein Wort davon vergessen könnte. Nicht mit Ela.

»Ich kann das einfach nicht glauben, Alex. Wie schön die Ela aussieht. Und so gesund.«

»Roxy hat geschrieben, dass die beiden Mädels gut klarkommen. Unserer Tour steht also nichts im Weg.«

»Ja, also, Alex, ich würde mich doch gern nach hinten setzen. Ich bin so müde.« Verwirrt auch, doch das möchte ich jetzt nicht sagen. Daheim wäre die richtige Zeit für einen Underberg.

Hier hinten im Auto fühle ich mich nicht sehr wohl. Alex hat geschoben und ich habe mich dann einfach fallen lassen. Passiert ja nichts, so eng, wie es hier ist. Man muss auch mal vertrauen.

Ich kann mich am Fenster anlehnen und die Augen schließen. Es ging trotzdem leichter als gedacht. Der Alex ist ein guter Pfleger. Ich will mir keine Gedanken machen, wie ich hier wieder rauskomme. Einfacher als die Nuschi, die kommt gar nicht mehr aus der Kühltasche heraus. Das muss ich Alex noch schnell fragen.

»Alex, können wir die Nuschi denn so einfach mit über die Grenze nehmen?«

»Wie soll sie sonst ihre letzte Reise auf der Moldau antreten?«

Alex hat den Rückspiegel so eingestellt, dass er mich sehen kann. Und ich sehe seine großen braunen Augen. Er hat einen frechen Blick, das ist mir bisher gar nicht aufgefallen.

»Aber wir müssen doch über die Grenze. Und die Nuschi hat keinen Ausweis und ist to…, also sie lebt nicht mehr.«

»Paul, meen Jung. Es gibt keine Grenzposten mehr. Und uns Schwejks hätte das doch niemals aufgehalten.«

»Melde gehorsamst, ich bin blöd, Herr Ober-lajtnant.«

Alex lacht laut auf und ich bin beruhigt.

Das Bild von Ela geht mir gar nicht aus dem Kopf. Diese Zöpfe und Lissys Kleid. Sie ist so schön auf dem Bild, die Kleine. Und so normal. Sie liegt auch gar nicht so krumm wie ein Baby. Am liebsten würde ich mir sie noch mal anschauen, aber ich möchte Alex nicht stören.

Allmählich mache ich mir dennoch Sorgen. Ich kenne die Roxy doch gar nicht. Der Junge auch nicht, was ist schon so ein halbes Jahr?

»Ein Fliegenschiss auf der Landkarte«, hätte meine Mutter früher gesagt.

Eine fromme Frau war sie, meine Mutter. Sie hat morgens schon gebetet, dass es auch wieder Abend werde, und Stein auf Bein geschworen, dass es ohne ihr Gebet schiefgegangen wäre. So wie mit meinem Vater, der aus dem Krieg nicht wiedergekommen ist. Dass er in Frankreich geblieben ist, weil er eine andere Frau kennengelernt hatte, habe ich erst nach ihrem Tod erfahren. Da war der Vater auch schon gestorben.

Als ich ihr meine Lissy vorstellte, da hat sie sich bekreuzigt und drei Tage ins Schlafzimmer einge-schlossen. Und zur Hochzeit kam sie erst gar nicht. Bei der Lissy und dem Alter, da hat sie immer ge-wusst, was die Leute reden werden. Das Geschwätz hinterher, weil sie nicht zur Hochzeit kam, hat sie nicht gestört.

Ach, die Johanna. Ich habe sie ja trotzdem ge-liebt. Meine Frau aber mehr. Ich will jetzt an was anderes denken.

»Alex, wohnt deine Familie auch in Frankfurt? Du hast noch nie davon erzählt.« Ich weiß wirklich nicht viel von dem Jungen. Muss ich auch nicht. Aber es lenkt mich ab.

Der Junge schaut kurz in den Rückspiegel und dann wieder weg. So wie er das Gesicht verzieht, bereue ich meine Frage. Warum bin ich auch so neugierig.

»In Wetzlar, also mein Vater. Meine Mutter ist tot.«

Es tut mir leid, der Junge tut mir leid. Was sagt man nur in so einem Moment. Ich traue mich gar nicht, in den Rückspiegel zu schauen.

»Also, Alex …«

»Paul, ist gut. Meine Mutter ist mit vierunddreißig Jahren an Demenz erkrankt, da war ich zwölf. Fünf Jahre später hat sie sich das Leben genommen.«

»Ich wusste nicht …«

»Woher auch, Paul? Hat doch jeder sein Päckchen, Sie auch. Da gibt es nicht viel zu erzählen. Erst hat es niemand verstanden, wir haben nur gedacht, Mama ist komisch. Sie hat alles vergessen, Ofen, Bügeleisen, hat sich sogar im Haus verlaufen und kam aus dem Keller nicht mehr raus. Dann, als es nicht aufhörte, war Vater mit ihr beim Arzt, Kopf untersucht. Hirnatrophie, also Hirnschrumpfung.« Alex verstummt und ich weiß, dass er nach Worten sucht. Ich kenne ihn doch gut und bleibe still. Jetzt holt er Luft, kann weiterreden. »Vater hat getan, als wäre nichts. Hat nur dafür gesorgt, dass Mama nicht mehr aus dem Haus kam, wegen der Leute. Und ich war bald ihr Joachim, so heißt mein Vater. Auf ihrer Beerdigung hat Vater gesagt, dass er sich nie Mutters Geburtstag merken konnte, aber ihren

Todestag niemals vergessen wird. Sie hat sich mit seinem Gürtel erhängt, vielleicht deshalb.«

»Es tut mir leid, Alex.« Mehr kommt nicht aus mir raus. Ich muss meine Gedanken sortieren, was nicht geht. Verdammt, ich müsste ihm doch Trost spenden, wie ich auch für Ela da sein müsste. Warum kann ich das nicht, nicht ohne Lissy.

»Ich weiß, Paul. Lassen Sie uns das Thema wechseln. Lang her. Erzählen Sie doch mal von Ihrer Familie.« Jetzt schaut Alex wieder in den Rückspiegel.

Was soll ich sagen?

»Meine Mutter mochte Lissy nicht. Aber das ist eine lange Geschichte. Später, wir fahren ja noch. Ich bin so müde.« Ich warte nicht, dass der Junge mir antwortet, und lehne mich zurück. Das ist einfach zu viel.

»Aber Paul, machst du dir deshalb immer noch Vorwürfe? Wegen deiner Mutter?«

»Nein, Lissy, es ist nur wegen Alex' Mutter und der Zsa Zsa. Vor allem wegen der Zsa Zsa. Was der Alex erzählt hat.«

»Du meinst, dass niemand gern allein stirbt? Deine Mutter wollte es so. Die Mutter von Alex bestimmt auch. Die Zsa Zsa nicht, das war Schicksal. Ich wollte, dass du bei mir bist.«

»Aber stimmt das denn? Stirbt es sich dann leichter, wenn man nicht allein ist?«

»Paul, Liebster, du kannst wieder Fragen stellen. Ich habe die ganze Zeit gewusst, dass du bei mir bist. Alles war so friedlich. Deine Hand, sie hat mich geführt und nicht festgehalten.«

»Das klingt schön, Liebes. Alles aus deinem Mund klingt schön. Muss der, der die Hand hält, dableiben? Oder kann er mitkommen und es ist trotzdem leichter?«

»Einer trage des anderen Last. Du hast doch den Vertrag mit dem da oben, Paul.«

»Aber, aber wenn ich nur genug festgehalten hätte, was wäre dann gewesen?«

»Dann hätte ich dir bestimmt einen Klaps hinter deine Füchschenohren verpasst.« Lissy lacht, meine Liebste lacht und lacht. Dann ist sie wieder ernst und ihr Lachen ist in meinen Ohren auch schon verklungen. Nicht mal das kann ich festhalten … »Paul, mein Liebster, die Zeit war gekommen für meine Reise. Da half auch kein Festhalten. Außerdem waren wir doch unser ganzes Leben lang pünktlich.«

Wie klug Lissy ist. Ich muss sie einfach in den Arm nehmen. Wo ist sie nur hin?

»Liebes, wo bist du jetzt?«

In meinem Kopf brummt es und es dauert etwas, bis mir wieder einfällt: Ich bin ja im Auto mit dem Alex und der Nuschi. Nach Tschechien unterwegs.

Ich möchte meine Augen öffnen und schauen, wo wir sind. Noch sind die Schlafgeister stärker. Sicher ist es gleich drei, Zeit für meinen Underberg.

Kapitel 9

»Zwanzig Jahre haben Sie das gemacht?«

Mit wem redet Alex da? Was ist mit zwanzig Jahren?

Ich schaffe es nicht, so schnell meine Augen zu öffnen, als es mir schon mit ohrenbetäubendem Lärm entgegenschmettert: »Und diese Biene, die ich meine …«

Was ist das? Wer singt da? Narrt mich mein Hirn schon wieder? Hat Alex das Radio an? Aber er wird sich ja kaum mit dem Radio unterhalten, so was könnte doch höchstens mir passieren. Ich reiße die Augen auf.

Vorn auf dem Beifahrersitz sitzt ein hagerer Mann, dessen Alter ich von der Seite nicht einschätzen kann. Graue Haare, blass. Irgendwie erinnert er mich an Carlos, der sang in einem Lokal, in das Lissy und ich gegangen sind. Vor Ela. Carlos spielte immer Titel von Elvis, das klang genauso echt, wie sein Vorname es war. Denn eigentlich hieß er Karl und kam aus Kulmbach.

Alex lacht und lacht. Wenigstens hat der andere aufgehört zu singen.

»Alles ich habe gesungen von ihm. Auch ›Babička‹ und ›Einmal um die ganze Welt‹. Ein Titel von ihm, alle glücklich. Und mitgesungen und getanzt. Geschmeichelt mir das Glück sehr und es mich hat betrogen.«

Kafka!

»Das Zitat stammt von Kafka. ›Das Glück, das dir am meisten schmeichelt, betrügt dich am ehesten.‹«, mische ich mich ein.

Lissy hat diesen Spruch zitiert. Immer, wenn wir Hoffnung hatten, weil die Ärzte uns sagten, dass es mit Ela besser wird. Monosomie 1p36,3. Wurde aber nicht besser.

»Ano, nix Kafka. Das ist Vojtech. Vojtech Bouda.« Der Mitfahrer, von dem ich immer noch nicht weiß, wo er hergekommen ist, dreht sich um und streckt mir die Hand nach hinten entgegen. Obwohl er sich dabei verrenkt, kann ich nicht danach greifen. Sein Alter schätze ich auf Ende vierzig, vielleicht auch älter. Ich traue mich nicht, Alex zu fragen, wo der Mensch herkommt.

»Paul«, rettet mich der Junge aus der Situation. »Das ist Vojtech, Vojtech, das ist Paul. Vojtech ist Tscheche und will nach Pilsen. Ich habe ihn kurz vor Nürnberg auf einer Raststätte aufgegabelt und mitgenommen. Du hast geschlafen.«

Wie kommt er dazu? Wir haben schon die Nuschi dabei, das reicht doch an blinden Passagieren. Ich verkneife mir die Frage, ich will nicht unhöflich sein. Außerdem bin ich neugierig.

»Mit einer hübschen Blondine hätte ich ja eher gerechnet.«

Jetzt lachen Alex und dieser Vojtech gleichzeitig.

»Er hat ein Schild hochgehalten. ›Gott sucht Mitfahrgelegenheit‹. Da konnte ich nicht anders.«

Im Rückspiegel sehe ich, dass Alex breit grinst. Ich kann mir auch nicht verkneifen, dass ich schmunzeln muss. Nuschi und Gott dabei, wir sind die Arche Alex. Nur wie Gott sieht dieser Tscheche nicht gerade aus.

Als hätte er meine Gedanken erraten, fängt er an, sich einzumischen. »Zwanzig Jahre ich haben gesungen alle Lieder von Karel Gott. Mit Gesang er ist mein Bruder. Dann er mich gemacht zu Märtyrer und Heiliger.« Wie zur Bestätigung greift er in die Innentasche seines Jacketts und holt ein paar Autogrammkarten heraus. Wahrscheinlich hat er sich gemerkt, dass seine Arme zu kurz sind, denn er wirft sie allesamt auf den Rücksitz und trifft mit einer meinen Kopf. Ich rege mich nicht auf, ohne Brille kann ich sie sowieso nicht lesen. Aber es ärgert mich. Meine Neugier ist auch erloschen. Ich will mit Alex allein sein, der Junge versteht mich. Bis jetzt weiß ich immer noch nicht, wie ich mich überhaupt auf diese Fahrt einlassen konnte. Und unser Gespräch. Das würde ich jetzt bestimmt machen, aber es geht nicht.

»Kann ich eine Widmung bekommen?«, frage ich freundlich. Ich denke, dass es freundlich ist. Was soll ich auch sonst tun?

»Ano, jede Widmung.« Vojtech freut sich offensichtlich, was mir Unbehagen bereitet. Aber immerhin hat er die Karten geworfen und sitzt in meiner Arche. »Was ich muss schreiben? Ich habe auch CD in Tasche, ist in Hintern von Auto.« Der Tscheche hat einen Stift und eine weitere Karte in der Hand, und ich frage mich, wie groß seine Jacketttaschen sein müssen bei all dem Inhalt.

»Für Nuschi von Gott. Das wäre eine gute Widmung.«

Ich höre, wie Lissy kichert.

»Aber Füchslein, wie kannst du nur!« Ihre Stimme will wohl streng klingen, aber meine Liebste schafft es nicht.

»Er hat angefangen, Liebes.«

»Du klingst wie ein kleiner, trotziger Bub.«

»Es kann ja nicht schaden, dass die Nuschi eine Widmung von Gott hat. Auch wenn er der falsche ist. Zwanzig Jahre hat er ihn nachgesungen, du hast es doch gehört. Wir haben auch dazu getanzt, kannst du dich erinnern? Wir hatten so viel Schwung, dass die Bodenvase meiner Mutter von der Kommode im Wohnzimmer gefallen ist. *Für immer jung*, so haben wir uns gefühlt.« Nur manchmal unsere Knochen nicht, aber das sage ich nicht.

Lissy schweigt und lächelt. Sicher erinnert sie sich. Bestimmt ist sie mit Absicht gegen die Vase getreten, ich habe sie nie gefragt.

»Gibt es denn einen echten?«

»Ja Liebes, wir haben nach dem echten getanzt. Ich habe dir die Platte extra wegen dem Lied gekauft.«

»Nein, mein liebster Paul. Gibt es einen? Einen echten, der da ist, nicht nur, wenn man ihn durch Gebete zur Echtheit erhebt? Der auf uns wartet, alles richtig werden lässt. Allem einen Sinn gibt.«

Warum fragt mich Lissy das? Sie muss es doch schon wissen. Ihre Frage ängstigt mich ein wenig.

»Mein Liebes, du bist doch dort. Hast du noch nicht …?«

»Hier. *Für Frau Nuschi von Gott.* Ich mache Gutes, auch wenn in Sinnen trostlos.« Vojtech hält mir eine Karte nach hinten, die ich nicht erreichen kann. Genauso wie Lissy, die ich nicht mehr finde.

Alex hat Mühe, nicht zu lachen. Ich sehe ihm an, wie er sich zusammenreißen muss. Er nimmt dem Tschechen die Karte ab und legt sie in die Mittelkonsole.

»Ich hebe sie auf und gebe sie nachher Paul.«

»Melde gehorsamst, ich bin blöd, Herr Oberlajtnant.«

Alex lacht laut und Vojtech stimmt ein. Ich lache auch. Bis mir Ela einfällt.

Wie es dem Kind jetzt wohl geht? Hoffentlich schreit sie nicht ohne die Nuschi. Ich müsste doch bei ihr sein. Bei Lissy auch. Und pinkeln. Herrschaftszeiten, ich darf gar nicht daran denken, wie ich aus dem Auto kommen soll.

»Alex, wie lang fahren wir noch?«

»Bis Pilsen sind es noch knapp zweihundert Kilometer und dann noch mal hundert bis Prag.«

Dreihundert Kilometer, das schaffe ich nicht. Ich muss den Jungen also fragen. »Wollen wir nicht eine Pause machen?«

Alex wirft mir einen Blick durch den Rückspiegel zu und nickt. Er ist ein guter Junge, das kann ich nicht oft genug denken.

»Ano, Pause ist gut. Ich müssen kleine Mann Welt zeigen. Aber nicht innen. Fünfzig Cent wollen die für Welt zeigen. *Weißt du, wohin …*«

Warum singt er jetzt schon wieder? Ich möchte ihm wirklich nicht zu nahetreten, aber ein guter Sänger ist er nicht. Da freut sich selbst die Nuschi nicht über das Autogramm. Daheim hätte sie sich sicherlich sofort unter dem Sofa versteckt. So wie beim Staubsaugen. Wieso ist er eigentlich als Autoanhalter unterwegs? Vielleicht ist das nur ein Trick und er ist ein Betrüger oder Gefängnisausbrecher. Wenn ich ihn mir von der Seite ansehe, kann ich mir das zwar nicht vorstellen, aber meine Lissy hat immer gesagt, dass ich zu vertrauensselig bin. »Dir klaut man noch eines Tages das Bett unter dem Hintern weg.«, hat sie immer gesagt. Ach nein, das war, weil ich so tief geschlafen habe. Früher. Sie wird sich wundern, wenn wir wieder zusammen sind. Seit ich mit Ela allein bin, habe ich nie mehr tief geschlafen.

»Vojtech, wieso haben Sie nicht den Zug genommen?« Meine Frage klingt dämlich, ich weiß nicht, wie ich anders fragen soll. *Haben Sie kein Auto?*, ist direkt. Hauptsache, er singt nicht wieder.

»Ano, ich waren mit Auto. Mit Auto und Mila. Mila ist eifersüchtig wie Besen auf Drachen. Ich habe nur anderer Frau gegeben Autogramm und sie ist gefahren.«

»Sie hat dich einfach stehengelassen?« Alex nimmt meine Frage vorweg. Ich kann mir das nicht vorstellen. Wer kennt Vojtech und fragt ihn nach einem Autogramm? Und deshalb fährt seine Frau einfach weg?

»Liebe ist wie Messer zu wühlen. Ich bin Künstler. Ich muss seien für meine Fans. Mila ist weg wie Blitz. Hast du auch Frau?«

Alex schüttelt den Kopf. Mir liegt es auf den Lippen, den Jungen nach Roxy zu fragen. Aber dabei stört dieser Vojtech. Ob er mich auch gemeint hat?

»Meine Frau lebt nicht mehr. Aber sie hätte mich auch nie …« Die letzten Worte schlucke ich herunter. Sie ist ja weg. Ist auch irgendwie wie stehen lassen. Ich schiebe diesen Gedanken sofort beiseite. Wir sind halb zusammen, sie ist nicht weg. »Melde gehorsamst, ich bin so blöd, Herr Oberlajtnant«, füge ich schnell hinzu, ehe die beiden etwas sagen können.

»Aber wir haben eine Prinzessin, die Ela.« Ich sehe, wie Alex seinen Kopf zu Vojtech neigt und ihn anlächelt. Trotzdem klingt seine Stimme komisch für mich. So, als würde er nicht den Tschechen meinen, sondern mich. Der Junge muss mich doch nicht an Ela erinnern, die könnte ich nie vergessen.

»Ela ist meine Tochter und die von meiner Frau, der Lissy.«

»Ano, Tochter ist gut. Wo ist Tochter? Nicht dabei auf große Reise?«

Das ist nicht Elas Reise. Das ist nicht mal meine Reise. Ich weiß nicht, was ich darauf antworten soll. Weiß nur, dass ich nicht von Ela erzählen möchte.

Die Lissy und ich, wir haben uns früher schon ein wenig geschämt, dass die Kleine so anders war. Anfangs sind wir noch mit ihr auf den kleinen Spielplatz gegangen, keine zwei Straßen weiter. Meine Liebste hat die Kleine auf eine Decke gelegt und die Ela grunzte vor Vergnügen, wenn sie die anderen Kinder gehört hat. Die sind sogar gekommen und haben mit ihr gespielt. Komische Spiele, die ich nicht verstand, aber die Ela war glücklich.

Die anderen Mütter haben nur immer seltsam geschaut. Und ihre Kinder weggeholt. »Spiel doch lieber im Sandkasten«, sagte eine Mutter zu ihrer Tochter und trug sie von Ela weg. Die Kleine wimmerte und zeigte immer wieder mit dem Finger auf Ela.

»Warum soll sie nicht mit unserer Tochter spielen?«, fragte Lissy. »Die Mädchen verstehen sich.«

»Also, das sehen Sie doch selbst.«

»Was sehe ich selbst?«

»Ihre Tochter liegt da, die bekommt nichts mit. Das muss mein Kind nicht sehen, sie ist noch klein.«

»Und was ist, wenn sie groß ist?« Lissy war wütend und außer sich. »Unsere Tochter liegt da auch noch so, wenn Ihre groß ist.«

»Also, das ist eine Unverschämtheit.« Die andere Mutter lief rot an, wütend, und ihr Mädchen lamentierte immer heftiger. Bestimmt hatte sich das Kind für ihre Mutter geschämt. »So was«, und dann zeigte sie auf Ela, »So was hätte man vorher abtreiben müssen. Eine Zumutung.«

Danach schrie Ela, als hätte sie es verstanden.

Wir sind nicht mehr auf den Spielplatz gegangen, auch nicht auf andere.

Drei Tage später waren wir im Krankenhaus, weil Ela wieder so einen heftigen Anfall hatte.

»Frau Riemenschneider, vielleicht wäre es besser …«

Lissy hat den Arzt nicht ausreden lassen.

Wir waren noch oft im Krankenhaus, siebenundsechzig Mal, bis Ela sechs Jahre alt war. Dann wurde es besser, weil Lissy alles selbst machen konnte. Ich musste ja arbeiten, sonst hätte ich es wahrscheinlich auch nicht ausgehalten. Aber meine Lissy, die konnte das.

»So, meine Herren, eine Runde Pinkelpause in drei, zwei, eins.«

Alex biegt in eine Raststätte ein.

»Ela ist krank, sonst wäre sie mitgefahren«, beantworte ich schnell noch die Frage von Vojtech, obwohl ich mich nicht gut damit fühle. Aber ich muss jetzt erst mal schauen, wie ich aus diesem Gefängnis herauskomme.

»Krankheit seien nicht Abwesenheit von Gesundheit. Nicht gut, wenn keine Reisen. *Einmal um die ganze Welt …*«

Ich weiß nicht, was ich jetzt nötiger brauche. Einen Platz zum Erleichtern oder die Flucht vor dem Gesang.

Alex steigt aus und klappt seinen Sitz nach vorn.

»Auf drei, junger Mann. Und nicht abhauen und nach den jungen Mädels schauen.«

Kurze Zeit später hat mich der Junge aus meiner Not befreit.

Ein wenig wackelig stehe ich an dem Auto und halte mich daran fest. Von ›King of the Road‹ bin ich wahrscheinlich nur knapp entfernt, erst muss das Blut in meine Beine fließen.

»Jetzt brauche ich nur noch meinen Ferrari.«

»Ach was, die paar Schritte.«

»Doch, Alex, bitte. Dann kann ich die Behindertentoilette benutzen. Ihr Erdlinge könnt diesen Luxus gar nicht verstehen.«

Alex grinst kurz und macht sich sofort auf in Richtung Kofferraum. Keine Minute später hat er das Ungetüm vor mir aufgebaut.

»Wenn der Herr meine starken Arme verschmäht, dann eben so.«

»Gnädigster kann ja den Gott geleiten. Ein Gang über Wasser vielleicht.« Ich lächle Alex verwegener an, als ich mich fühle. Alex grinst genauso zurück.

»Wo ist Vojtech überhaupt?«

»Zabiják, Zabiják! Ihr seien Mörder.«

Die Frage, wo Vojtech ist, hat sich damit erledigt. Er steht wild fuchtelnd am Kofferraum. Er wird doch nicht die Nuschi?

Alex ist sofort bei ihm. Bei mir dauert es.

Tatsächlich. Vojtech hat Nuschis Kühltasche geöffnet und das Hundekissen weit weg geworfen. Ich mag die Nuschi nicht anschauen und kann trotzdem nicht wegsehen. Das arme Viech.

»Nichts Mörder. Andere sind Mörder. Wir Regenbogen für Nuschi.«

Alex redet nun schon genauso wie Vojtech. Er ist völlig außer sich. So habe ich den Jungen noch nicht erlebt. Er tut mir leid, mehr als die Nuschi.

»Alex, beruhige dich. Und du, Vojtech, auch.« Meine Halswirbel knacken, weil ich meinen Kopf immer zwischen den beiden hin und her drehen muss. Alex und der Tscheche reden unbeeindruckt weiter. Ich müsste wohl jünger sein, damit sie mich wahrnehmen. Oder lauter.

»Schluss jetzt!« War ich das? Ich wusste gar nicht, dass ich das kann, so laut kann.

»Nix Schluss. Ich will wissen, was mit Katze, sonst Policie.«

Polizei? Um Himmels willen. Nur das nicht, dann war alles umsonst.

»Meine Kleine, meine Ela, sie schreit immer. Sie ist krank. Und die Nuschi hat ihr geholfen. Aber die Nachbarn sind böse, wollen uns nicht. Die haben das gemacht.« Ich muss Luft holen. »Wir wollen Nuschi zum Regenbogen schicken. Zu Lissy. Und ich will mit Alex reden. Dass er bleibt. Sonst schaffen wir das nicht. Ich will kein Mörder sein …«

Ela fällt mir ein. Ela, meine Kleine. Und Lissy, unser Plan. Es war doch so ein guter Plan.

Alex und Vojtech schweigen nun. Torkelnd laufe ich zu dem Hundekissen, will das Viech wieder abdecken. Hoffentlich fällt dem Tschechen nicht auch noch ein, dass er der Nuschi vor einer Stunde ein Autogramm geschrieben hat.

»Ich haben zwölf Katzen. Andreas, Jakobus, Simon … Bist du nicht Tierfreund, dann ohne Menschenliebe.«

»Wir lieben Menschen und Tiere!« Alex nimmt mir das Kissen ab und legt es auf die Nuschi, bevor er die Kühltasche wieder schließt. »Jetzt lasst uns hier unsere Dinge erledigen und dann weiterfahren.«

Ich widerspreche Alex nicht und bin froh, dass Vojtech nichts sagt. Zwölf Katzen, da würde ich schon gern nachfragen. Ob er denen immer vorsingt? Das ist dann wohl Katzenjammer.

Kapitel 10

Endlich sind wir wieder im Auto. Vojtech schaut immer noch betroffen, vielleicht ist er aber nur beleidigt. Wenigstens ist er still.

»Warum du das machen mit Nuschi?«

Ich habe den Tag vor dem Abend gelobt, hätte Lissy jetzt gesagt. Der Tscheche gibt keine Ruhe.

»Weil Leben wichtig ist«, antwortet Alex tonlos. Tonlos ist ein blödes Wort. Aber was soll ich sonst denken, wenn seiner Stimme gerade jedes Leben fehlt.

»Was ist Leben für dich?« Ich frage Alex nur ganz leise, unsicher. Ich will ihn nicht quälen. Es muss aber sein.

»Ich erzähle euch was. Ziemlich zum Ende hin, als ich schon gekündigt hatte, wurde ein neuer Bewohner bei uns aufgenommen. Ferdinand. Viel wurde uns Pflegern nicht über ihn gesagt, nur dass er wohl mal Künstler war, Pianist oder so was.« Alex hält einen Moment inne.

Ich mache das auch so, wenn ich mich erinnern will. Bei anderen macht es mich ungeduldig, weil ich wissen will, wie es weitergeht.

»Jedenfalls saß Ferdi im Rollstuhl und konnte sich nicht mehr bewegen. Nur noch mit den Augen reden und ein wenig mit den Händen. An guten Tagen konnte er auch den Kopf schütteln.«

»Für einen Klavierspieler ist es schlechte Sache. Der kann ja gar nicht mehr machen nichts. Kommst im Frieden nicht vorwärts und im Krieg verblutest du.«

Langsam beginnt mich Vojtech zu nerven. Warum muss er Alex schon wieder unterbrechen? Und gerade eben hat er wieder Kafka zitiert, das kann er leugnen, wie er will. Ich halte mich zurück, würde ihm gern den Mund zuhalten. Bestimmt ist die Nuschi auch schon genervt. So dick ist ja eine Kühltasche nicht, dass sie seine Stimme nicht hört.

»Der Ferdi konnte schon noch. Was meinst du, wie oft er die PEG rausgerissen hat. Keiner konnte sich erklären, wie er immer da rangekommen ist.«

»Künstler Zauberer.«

»Nicht Zauberkünstler.« Die Stimme von Alex wird gereizter. »Der Mann wollte einfach nicht mehr leben.«

»Was ist PEG?« Jetzt bin ich es, der den Jungen unterbricht. Ich kann mir denken, was das ist, will aber nicht, dass Alex sich über Vojtech weiter ärgern muss.

»Das ist die Sonde für die künstliche Ernährung. Die Schläuche hat er abgerissen, genauso wie die von jeder Infusion.«

»Wie soll er künstlich ernähren, wenn er nicht will leben? Hat Recht auf Platz im Himmel.«

Alex wirft mir einen Blick im Rückspiegel zu. Er sieht traurig aus, blass auf einmal. Fast scheint es mir, als würden seine Augen glänzen. Warum bewegt ihn diese Geschichte so?

»Seine Angehörigen, also seine Kinder, hatten eine Vollmacht. Heißt in Deutschland Betreuungsvollmacht. Die wollten nicht, dass er gehen konnte.« Wieder stockt Alex, redet aber schnell weiter, viel schneller als bisher. »Man sagte uns, dass er seine Frau erschossen hat und dann sich selbst erschießen wollte. Bei ihm blieb die Kugel im Kopf stecken.«

Mir ist schlecht. Ich weiß nicht, was ich zuerst denken soll. Im Auto ist es plötzlich still und selbst das Brummen des Motors scheint leiser. Auch Vojtech sagt nichts und sein Kopf ist gerade nach vorn gerichtet. Leider hält dieser Zustand nicht lange an.

»Es ist wie Witz mit Käfer.« Er lacht laut und ich würde ihn gern zum Verstummen bringen. Nicht wie vorhin, nur mit der Hand auf dem Mund. Meine Hände um seinen Hals … Ich müsste nur hinter den Beifahrersitz rücken, ganz nah dran, und meine Arme nach vorn strecken. Lang genug sind sie, an denen schrumpft man auch nicht, wenn man alt ist.

»Was für ein Witz? Dazu gibt es keinen Witz.« Alex ist sauer. Er starrt den Tschechen regelrecht von der Seite an. Nicht gut, er muss doch auf die Straße schauen.

Vojtech bekommt das alles nicht mit, was ich gar nicht verstehen kann. Wenn er nicht vorhin Alex erzählt hätte, dass er nie Alkohol trinkt, dann würde ich darauf wetten, dass er großzügig am Becherovka genascht hat. Lissy hasst Wetten, aber dieses Mal hätte sie sicher nichts dagegen.

»Mann wacht auf und ist Käfer. Familie nimmt Klatsche und macht ihn kaputt. Käfermörderwitz.« Vojtech lacht und lacht. Merkt der nicht, dass niemand in sein Lachen einstimmt?

»Ich habe den Mann gesehen, habe erlebt, wie er gelitten hat. Wie andere bestimmt haben, dass er nicht gehen konnte. Das ist kein Witz, das ist krank.«

»Lass gut sein, Alex.«

»Nein, Paul. Da ist nichts gut. In fünfzehn Kilometern sind wir wieder an einer Raststätte, da muss Gott sich eine andere Mitfahrgelegenheit suchen.«

Jetzt bin ich es, der lächeln muss. Alex bringt mich zum Lächeln. Gott erzählt Witze und muss deshalb woanders mitreisen. Vojtech hingegen ist unbeeindruckt. Es scheint ihn auch nicht zu schrecken, dass Alex ihn rauswerfen will.

»Das ist doch Witz. Wenn Mann sorgt für Familie, er ist gut. Wenn er Käfer, Familie macht ihn tot.«

»Ferdinand war kein Käfer.«

»Doch Käfer. Er in Panzer, Bewegung kaputt. Ano, hast du gesagt.«

»Er wollte sterben, deshalb konnte er sich nicht bewegen.«

»Aber das ist Witz. Ist Käfer.«

»Vielleicht ist es Gottes Witz?« Ich mische mich vorsichtig in das Gespräch.

Alex ist aufgebracht und ich kann es verstehen.

»Wir fahren jetzt bis Pilsen und bis dahin will ich keine Witze mehr hören!«

»*Fang das Licht …*«

Alex hätte auch Gesang verbieten sollen.

Kapitel 11

»Vojtech ist mit dem Auto weg!«

Alex schaut mich ungläubig an, als hätte ich ihm gerade eine Mondlandung vorgeschlagen.

»Der ist was?«

»Mit unserem Auto weg. Er hat mir noch etwas zugerufen, und weg war er.« Dieser elende Mistkerl!, füge ich in Gedanken hinzu. Ich möchte außerdem nicht darüber nachdenken, welches Bild ich gerade abgebe. Vor der ›Pension Schwejk‹ in Pilsen steht ein Greis am Rollator und hat eine tote Katze dabei. In einer blauen Kühltasche. Mit Hundekissen. Wenn jetzt der MDK käme, dann würde es mich nicht mal retten, wenn ich Datum und Uhrzeit tanzen könnte. Mit oder ohne Rolli.

»Warum hast du ihn nicht aufgehalten?«

Der Junge ist vor Aufregung ganz rot. Sicher merkt er deshalb nicht, wie absurd seine Frage ist. Ich wundere mich über mich selbst, dass ich so ruhig bleiben kann. Vielleicht ist das die Gelassenheit des Alters, von der die Jüngeren immer sprechen.

»Ich habe das Blaulicht nicht schnell genug an den Rollator bekommen.«

Jetzt hat er es gemerkt und grinst.

»So ein Arsch, verdammt. Von wegen Künstler. Komm, Paul, wir setzen uns in den Biergarten und überlegen.« Alex packt mit der linken Hand die Kühltasche und mit der anderen hakt er mich unter. Er will sicher Zeit gewinnen, um nachzudenken. Ich lasse es wortlos zu, schlimmer kann es nicht werden.

»So ein Arsch, ja!« Es gefällt mir, das Schimpfwort zu wiederholen.

»Pilsner Urquell.« Mein Tschechisch ist perfekt für eine Bestellung und keine fünf Minuten später steht das Bier auf dem Tisch. Erst mal den Schrecken runterschlucken. Wird Zeit, dass Alex auch etwas sagt. Seit wir hier sitzen, schweigt er und grübelt. »Wir müssen die Polizei rufen, Alex.«

Der rührt sich nicht, schaut nicht mal hoch, nur auf sein Bier. Keine Minute später ist sein Glas leer und er hat sich ein neues bestellt. Er tut mir leid. Sicher hat er lange auf das Auto gespart. Ich bin an allem schuld. Ohne mich und Nuschi wäre er gar nicht hier. Warum habe ich den Vojtech auch nicht gepackt?

»Die können wir nicht rufen, wie sollen wir die tote Katze erklären?« Alex schaut mich fragend an. Ich habe das Gefühl, dass dies nur die halbe Wahrheit ist.

»Die Nuschi ist doch in der Kühltasche, Alex. Da suchen die das Auto garantiert nicht.« Alex grinst nicht, wie er es sonst bei meinen Witzen macht. Auch bei den schlechten.

»Aber Vojtech hat auch hineingeschaut. Da hat er auf redlich getan und uns als Mörder beschimpft. Bis er die ganze Geschichte kannte. Wahrscheinlich sind seine Erzählungen über seine Katzen auch gelogen.«

»Er kannte sich aber aus … Alex, Junge, was ist denn los? Irgendwas müssen wir doch machen.«

Er schüttelt nur den Kopf und hat mittlerweile das zweite Glas auch leer.

»Und dann? Was sollen wir sagen? Gott hat uns das Auto geklaut?«

»Wenn schon, dann der falsche Gott.«

Jetzt grinst er wieder kurz. »Es geht nicht!«

»Wieso geht das nicht? Was sollen wir sonst machen? Wir sitzen hier in Pilsen fest. Ich muss doch auch wieder zur Ela.«

»Ela, Ela, immer wieder Ela. Lass die doch mal aus dem Spiel und lebe. Du kannst es schließlich noch.«

Ich merke, wie ich zusammenzucke. Das habe ich nicht erwartet. Nie. Was ist mit dem Jungen los? Wo ist sein gutes Herz? Das kann doch nicht nur wegen des Autos sein. Es macht mich betroffen, was er mir an den Kopf wirft. Weiß er das nicht? Mehr?

»Lissy, sag mir, warum macht Alex das? Er ist mir so fremd.«

»Mein Liebster, Paul, höre ihm zu. Alles wird gut.«

»Aber was soll gut werden?«

»Alles, Liebster, alles!«

»Gut, Alex. Ich habe etwas Geld dabei. Wir bleiben hier in der Pension und ich bestelle uns zwei Becherovka. Dann erzählst du alles.«

Der Junge reagiert nicht, und ich weiß nicht, ob er mir überhaupt zugehört hat.

Als der Schnaps endlich da ist, hält er nur das Glas fest und streicht immer wieder daran entlang. Wie letztens an der Bierflasche, als er mir von Zsa Zsa erzählt hat.

»Ich habe keinen Führerschein mehr.« Alex spricht den Satz aus, als hätte er vorher einen Zehntausendmeterlauf absolviert.

Irgendwie bin ich nicht erschrocken. Wohl wieder die Altersgelassenheit. Außerdem wollte der Junge meinetwegen hierher. Er ist so ein guter Mensch. So ein Risiko hat er auf sich genommen.

»Wir können ja sagen, dass ich gefahren bin. Ich habe ja …«

»Und meinen Bauchspeicheldrüsenkrebs hast du auch?«

Die Katze ist aus dem Sack, würde ich jetzt denken, wenn nicht die Nuschi neben mir in der Kühltasche wäre. Der Alex. Krebs. Meine Gedanken überschlagen sich und töten jedes Wort, das mein Mund sagen könnte.

»Lissy, du musst mir helfen. Dir fallen doch immer die schlauen Dinge ein.«

»Was soll ich dir sagen, Liebster? Unser Regenbogen ist auch ohne Regen und Sonne da. Der fragt nicht danach, also auch nicht nach dem Alter.«

»Aber es ist ungerecht. Er ist so jung, ein so guter Mensch.«

»Ist Ela alt? Ist es da gerecht?«

»Die Frage ist nicht fair, Lissy, Liebste.«

»Es ist deine Frage, mein Füchschen. Ich spreche nur alles aus.«

»Was soll ich tun?«

»Mach es nicht gerecht. Das kann niemand. Mach es GUT!«

Ich bedauere, dass ich nicht so eine Sonnenbrille habe wie all die modernen Menschen hier. Alex soll nicht sehen, wie leid es mir tut. Außerdem weinen

Männer und Indianer nicht. Das gilt auch für Old Shatterhand.

»Was hast du für Möglichkeiten, Alex?«

»Keine.«

Warum kann ein Wort wie ein Messer stechen? Ist doch gar keine Klinge dran.

»Wie viel Zeit bleibt dir?«

Alex hat zwei Becherovka bestellt. Zwei Finger heben und auf das Glas zeigen, muss eine internationale Sprache sein.

»Wie viel Zeit, wie viel Zeit? Immer diese bescheuerte Frage, wenn es heißt, Krebs, und nichts mehr zu machen ist. Und danach der Betroffenheitsblick. Tut mir so leid, mimimi. Und dann hauen sie ab, als sei der Tod eine ansteckende Krankheit.«

»Ich haue nicht ab, ich bekomme ja so schnell meinen Rolli gar nicht flott. Wie lange also?«

»Mehr als Ela, wenn du nicht endlich begreifst!«

Was soll ich begreifen? Hat Alex alles bemerkt? Kann er meine Gedanken lesen? Ich glaube fast. Er klingt nicht vorwurfsvoll, nur traurig und leer. Jetzt bin ich es, der schweigt. Beschämt. Mit fast achtzig kann man sich noch beschämt fühlen. Ohne Anklage.

Da ist aber der rote Drache. Siebenköpfig. Mit zehn Hörnern und auf jedem Kopf eine Krone.

Und ich bin der Held, der Drachentöter ohne Furcht, und schlage ihm einen Kopf nach dem andern ab.

Sie kann nicht allein bleiben, nicht ohne dich.

Schlag.

Sie hat doch kein Leben so.

Schlag.

Sie muss sonst ins Heim, dort sind nur alte Menschen.

Schlag.

Zu Tode gepflegt werden?

Schlag.

Ich schaffe es einfach nicht.

Schlag.

Ohne Alex sind wir verloren.

Schlag.

Ich habe es der Lissy versprochen. Also nachm Regenbogen, um sechs Uhr abends.

Schlag, schlag, schlag.

Sie wachsen alle nach, Kopf für Kopf. Es sind keine Drachenköpfe mehr, sondern Schneiderköpfe. Da ist auch wieder dieser Schwefelgeruch. Wie im Treppenhaus. Vor dem Drachen hatte ich weniger Angst.

Ich bin ein schlechter Drachentöter.

»Es sind doch nur Bienen, kleine Bienen. Und diese Biene, die ich meine …«

Wo kommt Vojtech jetzt her? Was hat er mit der Schneider zu tun?

Ganz viele Bienen umkreisen plötzlich die schneiderschen Drachenköpfe und alle haben Vojtechs Gesicht.

»Was wollt ihr, ihr Insekten? Ihr Zwerge, ihr Ohnmächtigen? Ich arbeite die ganze Woche in meiner Drachenfabrik, ich will jetzt Ruhe haben. Ruuuuuuuuhhhhhhhhhheeeeee!«

Es sieht komisch aus, wenn sich sieben Drachenmäuler gleichzeitig bewegen. Absurd. Was mache ich hier?

»Dann geh weg von Tür, es ist keine Zeit für dich. Immer du hast gezögert, also du bist Fremde geworden.« Die Vojtech-Bienen summen im Chor und setzen sich in die Nüstern der Drachenköpfe, die kleiner und kleiner werden.

Fast, jetzt, fast fühle ich mich betrogen. Ich weiß nicht, warum. Aber ich bin doch der Drachentöter! Will er sein. Dann bekomme ich die Prinzessin und das Schloss.

Ich bekomme die Prinzessin.

Ela ...

»Komm, Paul, keine Zeit für Trübsal. Wir bringen die Nuschi nach Prag. Ein Taxi kostet hier sicher kein Vermögen. Dann sehen wir weiter, auch mit Vojtech und dem Auto.«

»Aber ...«

»Wir bringen das jetzt zu Ende!«

Erneut beschämt sie mich. Diese Entschlossenheit von Alex. Woher nimmt er die nur? Ich müsste ihm ein Vorbild sein. Ist Altersgelassenheit Feigheit?

»Wir haben keine Kiste für die Nuschi, kein Boot. Wie soll sie so zum Regenbogen fahren?« Ich weiß, ich schiebe das nur vor.

»Dann packen wir sie in das Kissen.«

»Sie ist doch kein Moslem.«

Alex lacht. Er lacht und lacht und will gar nicht aufhören. Sein Lachen klingt so frei, befreit.

»Dann werden wir eine Kiste besorgen. Uns fällt etwas ein. Ist es doch bisher auch. Maulhalten und weiterdienen! – wie man's uns beim Militär gesagt hat.«

Kapitel 12

Ich bin so froh, dass ich jetzt im Taxi sitze. Unendlich müde, das bin ich. Nicht nur, weil mir mein Mittagsschlaf fehlt. Wenn die Lissy von dem Bier und dem Becherovka wüsste, sie hielte mir eine Standpauke. Vielleicht würde sie heute auch eine Ausnahme machen. Ich habe ja ein sauberes Taschentuch dabei. Dank Alex. Stoff ist Stoff. Das gibt sicher Pluspunkte.

Und mit Alex muss ich reden. Gleich. Ihm sagen, dass ich kein Chef sein will. Nur Freund. Wär mir auch egal, wenn ihm Kumpel lieber ist.

»Da hast du dir aber was vorgenommen. Du willst sein Freund sein, du Hasenfuß?«

Wo kommt diese Stimme her? Auf meinem Schoß liegt der Brief der Hausverwaltung. Mit einem großen Maul, das grinst und spricht.

»Du bist nicht real, ich weiß das!« Meine Stimme soll bestimmt klingen, aber ich kann all meine Zweifel nicht aus ihr hinauswerfen. Es muss das Bier sein.

»Dann warte mal ab, bis ich dich zum Insekt mache. Und dieses Würmchen, das ich meine, es nennt sich Paulchen ...«

Ich bin kein Wurm. Ich bin nur kein Held. Da muss es doch etwas dazwischen geben. »Verschwinde!« Ich kann das nur leise sagen, aber ich kann es …

»Verschwinde! Verschwinde! Verschwinde!«

»Das wäre schlecht, Paul. Wir sind in Prag. Aufgewacht jetzt!«

Nur mühsam bekomme ich die Augen auf.

»Verdammte Axt, von wegen, du hast einen leichten Schlaf. Die Nuschi hätte inzwischen eine wilde Party schmeißen können und du hättest es nicht bemerkt.«

Will Alex lustig klingen oder ist er es? Ich habe keine Ahnung, mein Gehirn denkt nicht los. Bestimmt fehlt ihm der Knoblauch, wie Lissy immer meinte. Oder Kräuter. Im Moment hilft mir noch nicht mal ein Underberg.

»Wie spät ist es denn, Alex?«

»Fast sieben!«

»Dann schläft die Ela gleich.«

»Magst du sie anrufen?«

»Ach, Alex, die Kleine versteht mich doch sowieso nicht. Bestimmt schreit sie wieder, wenn sie nur hört, dass ich es bin … Ja, ich will sie anrufen.«

Der Junge nimmt sein Handy und tippt darauf. Es dauert für mich gerade viel zu lang. Mich wundert, dass der Taxifahrer nicht schimpft. Immerhin blockiere ich seinen Wagen. Mitten am Ufer der Moldau, vor der Karlsbrücke.

Alex steigt aus und läuft hin und her. Spricht mit der Roxy. Denke ich. Ich kann nicht hören, was er sagt, aber er lächelt unentwegt. Dann hält er mir sein Telefon hin.

»Nimm! Roxy hält es der Prinzessin ans Ohr, du musst nichts machen, nur mit ihr reden.«

Während ich nach dem Ding greife, fällt es mir beinahe aus der Hand. Brauche ich jetzt dafür auch schon eine Brille? Außerdem zittere ich, als würde ich den goldenen Gral halten.

»Hallo, Elaschatz, hier ist der Papa!«

Stille. Was habe ich auch erwartet. Aber wenigstens schreit sie nicht. Noch nicht.

»Ich bin bald wieder zuhause. Hörst du, mein Schatz? Papa ist wieder da. Bald. Ich weiß nicht, ob ich das schaffe, dir auch die schönen Kleider von Mama anzuziehen. Wahrscheinlich noch eher, als dir Zöpfe zu machen. Aber ich versuche es. Ja, Ela? Papa versucht es. Hörst du, ich versuche es. Versprochen. Jetzt schlaf schnell, mein Schatz.«

Alles bleibt still. Was habe ich auch erwartet, ich Narr. Aber die Kleine hat schon mal nicht geschrien. Auch gut. Ich gebe Alex das Telefon zurück.

Sie hat nicht geschrien. Sie ist ja doch ein gutes Mädchen. Wie Alex ein guter Junge ist. Nur eben anders.

Alex schaut mich an, was will er nur? Dann reicht er mir das Telefon zurück.

»Hör doch mal, Paul. Los, mach!«

Ich wundere mich, aber stelle keine Fragen. Gespannt halte ich das Ding an mein Ohr. Ela grunzt vergnügt!

Kapitel 13

Irgendwie freue ich mich, dass ich dem Taxifahrer die ganzen Kronen zahlen muss. Könige tragen Kronen, Prinzessinnen auch. Alex hat recht, die Ela ist eine Prinzessin. Meine Prinzessin.

Ich werde ihr eine neue Nuschi besorgen. Und ich kann auch die Nuschi sein. Wenn der Alex nicht mehr kommt … Aber was soll der Alex denn dann machen? Wo soll der hin?

»Paul, schau mal. Da drüben ist eine Bank, da können wir uns erst mal hinsetzen.« Alex wartet gar nicht, dass ich antworte, sondern zieht mich mit.

»Wenn wir jetzt aus der Bank ein Schiff für die Nuschi bauen, sind wir dann Bankräuber?«

Alex bleibt kurz stehen und schaut mich an.

»Nö, aber vielleicht Banker. Würde unser Finanzproblem hier lösen.«

»Mach dir darüber mal keine Gedanken. Die Lissy und ich, wir haben doch nichts ausgegeben. Das reicht für uns und für Vojtech samt seiner zwölf Katzen.«

Ich bin froh, dass ich jetzt sitze. Hier sind so viele Menschen, so viele habe ich in meinem ganzen Leben nicht gesehen.

»Hast du einen Plan, Alex? Meine Lissy hatte immer einen Plan.«

»Ganz ehrlich? Im Moment bin ich auch überfragt. Aber immerhin, wir sind in Prag!«

»Kannst du ihn hören?«

»Ehm, Paul …?«

»Den Smetana mit seiner Moldau?«

Alex kratzt sich den Kopf. Ich kann nicht deuten, ob es Verlegenheit ist oder ob er nachdenkt.

»Ich habe da nicht so viel mit am Hut. Meine Mutter hat es gehört. Oft.«

»Willst du deshalb nicht?«

»Vielleicht. Sie hat mir immer von der Burg Vyšehrad erzählt. Wie kann denn eine Burg einfach einstürzen, weg sein? Das geht doch nicht.«

Es trifft mich, wie Alex so voller Schmerzen ist. Mein Alex, mit dem ich Old Shatterhand war und er Winnetou. Der Junge hat doch sogar den Schneiderteufel besiegt. Bleichgesicht, das. Ich schaue ihn von der Seite an. Er ist der gleiche Junge, ein guter Junge.

»Schließe einfach die Augen, dann ist deine Burg wieder da.«

»Nein, dann bin ich Joachim und nicht Alex. Jetzt komm, lass bitte.« Alex will aufstehen, wegrennen. Soll er nicht, ich halte ihn fest. Er ist ja auch nicht Paul …

Er bleibt.

Schließt die Augen.

Ich kann auch Burg sein. Gibt auch Burgruinen.

»Das hast du gut gemacht, mein Füchschen.«

Lissy, ich wusste es doch.

»Hast du einen Plan, Lissy, einen guten Plan?«

»Den brauchst du nicht, Liebster.«

Lissy tanzt verwegen vor mir. In einem weißen Kleid, fast wie zu unserer Hochzeit. Sie ist so schön. Ich habe nie gedacht, dass man einen Menschen so lieben kann. So lange, ohne, dass es weniger wird. Nur die Lissy ist schmaler geworden.

»Aber Lissy, Liebste. Was ist dann mit unserem Plan? Nachm Regenbogen, um sechs Uhr abends?«

»Das weißt du, Füchschen …«

»So, genug jetzt, Paul.« Alex hat wieder seine Heldenstimme. Ich sehe aber seine Tränen.

»Ja, genug, Junge. Was machen wir jetzt?«

»Ich habe keine Ahnung. Auf der Karlsbrücke, das wird nicht gehen mit der Nuschi. Zu viele Menschen und die ganzen Schiffe hier. Da fliegt die Nuschi vielleicht noch einem Hund auf den Kopf.«

»Gehen die nie nach Hause? Da muss doch jemand auf die warten.«

»Hmm, weiß nicht. Aber schau, dort sind Boote, da können wir bestimmt eines mieten.«

Ein Boot mieten? Ist der Junge jetzt von allen guten Geistern verlassen?

»Kannst du denn das?« Ich war mal mit der Lissy gondeln. Im Palmengarten. Wir waren so verliebt, dass es keine Rolle spielte, dass wir uns die ganze Zeit kaum bewegt haben. Romantisch war es, wie im Film.

»Keine Ahnung. Es kann doch nicht so schwer sein, zwei Stöcke ins Wasser zu tauchen.«

»Wird wie schwimmen sein«, stimme ich Alex zu. Ratlos. Ich hab hier ja auch noch den Rollator und die Kühltasche mit der Nuschi. Kalt ist die auch nicht mehr. Mit einem Rollator in einem Boot. Wie sieht denn das aus.

»Ahoj, Ahoj.«

Ich sehe, wie in einiger Entfernung jemand wild gestikuliert und immer wieder diese Worte ruft. Die Sonne blendet, ich kann es nicht genau erkennen. Aber die Stimme kommt mir mehr als bekannt vor. Das wird doch nicht der falsche Gott sein?

Ich kneife die Augen zusammen, aber es wird nicht besser. Vielleicht kann der Junge, der hat sicher schärfere Augen, auch bei blendender Sonne.

»Ich glaube, dahinten ist der Vojtech, Alex.«

Alex springt neben mir auf und schaut in die Richtung, die ich ihm deute.

»Das kann doch jetzt nicht sein. Na warte, wenn ich den erwische.«

»Bleib.« Ich kann Alex gerade noch so an der Hose fassen.

»Nein, nichts da. Dieser Käfermörderwitzgott soll jetzt mal schön unser Auto rausrücken.«

Ich lasse nicht los. Und die Gestalt kommt immer näher. Jetzt erkenne ich Vojtech auch, er ist es tatsächlich. Unter seinem Arm trägt er eine große Holzkiste, fast so groß wie er selbst. Ich ahne ein wenig …

»Was hast du dir dabei gedacht, einfach mit dem Auto abzuhauen!« Der Junge brüllt so wütend, dass sogar ich zusammenzucke.

»Ano, ich nix abhauen. Paul, ich habe Paul gesagt, was tun. Schacht von Babel graben. Und dann ihr weg.«

Er hat nichts gesagt, er hat gemurmelt. Wenn ich mich auf etwas verlassen kann, dann auf meine Ohren. Das werde ich ihm jetzt deutlich sagen, ich kann das auch beweisen. Wegen Ela.

»Hier Kiste für Nuschi. Für Regenbogenreise.«

117

Der Tscheche knallt das Ding auf den Boden, direkt vor unsere Füße. Ich sage nichts mehr, Alex auch nicht. Es ist eine schöne Kiste, wie ein Floß. Da passt sogar das Hundekissen hinein.

»Hast du Zettel und Stift?«

Endlich ist meine Sprache zurück. Ich frage Vojtech, Alex hat bestimmt keinen. Bis vor ein paar Minuten hatten wir noch nicht mal ein Auto.

»Ich haben Karten von mir, du kannst schreiben Rückseite. Da viel Platz.«

Vojtech zieht Karte und Stift aus seiner Jacketttasche, wie konnte ich das vergessen. Muss am Becherovka liegen.

Alex reicht mir wortlos meine Brille. Ein guter Junge …

Ich setze mich damit auf die Bank und schreibe.

»Lissy, bleibst du bei mir?«

»Aber Füchschen, wie kannst du das nur fragen? Wir haben einen Plan.«

Meine Liebste lächelt, aber ich sehe die Tränen. Meine tropfen auf Gotts Autogrammkarten.

»Wir haben aber keinen Plan für das Leben.«

»Paul, mein Schatz, den machen wir, wenn wir nicht mehr halb zusammen sind.«

»Gib bitte her. Ich denke, das soll mit in die Kiste. Dann können wir sie zumachen. Ehe wir noch mehr auffallen.«

Alex steht vor mir und greift nach den beschriebenen Karten. Die Nuschi ist schon in der Kiste, ich kann es sehen.

»Sie müssen unbedingt dazu, Alex, sonst kann sie es nicht verstehen.«

»Alles gut, ich weiß.«

»Ich kann noch Lied singen. Zwanzig Jahre habe ich gesungen wie Gott. Jetzt Schicksalsmelodie für Nuschi. Man liebt Tier, so gut.«

»Schicksalsmelodie?« Der Junge hat alles gemacht, wie ich es wollte. Reisefertig. Nur seine Frage gefällt mir nicht. Die Nuschi mag den Gesang bestimmt nicht.

»Ano, Schicksalsmelodie. Dr. Schiwago mit zwei Frauen und viel Liebe. Wenn du Liebe empfinden im Augenblick, du auch verantwortlich.«

»Also, ich weiß nicht, muss Paul …«

»Vojtech, das ist eine gute Idee. Kannst du die Nuschi auf die Moldau setzen und singen, wenn Alex und ich auf der Karlsbrücke sind?«

»Paul, das ist einiges zu laufen.«

»Ist schon gut, Junge. Vojtech, kannst du?«

Der Tscheche nickt und sagt nichts. Er summt nur vor sich hin, wie Bienen …

Kapitel 14

Meine wundervolle Lissy,

die Nuschi bringt dir diesen Brief mit, damit du weißt, dass du noch etwas auf mich warten musst.

Fast fünfzig Jahre waren wir keinen Tag getrennt. Ich habe Angst, dass ich alles vergessen werde, die Bilder von dir in mir verlöschen. Ich habe Angst, dass ich den Regenbogen nicht finde, an dem du wartest. Meine Liebe zu dir sprengt die Kraft der Worte jeder irdischen Beschreibung.

Mein Herz, meine Seele kann nicht vergessen, atmet durch die Erinnerung an dich, wird dich finden. Es dauert noch ein Weilchen, dann sind wir in der Unendlichkeit verbunden.

Bis dann Lissy. Also nachm Regenbogen um halb sieben abends.

Dein Füchschen.

PS: Wenn du kannst, dann halte für mich einen Underberg bereit.

Ich schaue der Nuschi nach, wie sie in ihrem Holz-
floß mit meinem Brief ihre letzte Reise macht. Ein
winziger Punkt auf der fließenden Moldau. Alex
steht neben mir und sagt kein Wort.

»Jetzt komm, mein Junge. Wir gehen nach
Hause. Du kannst mich auch deinen Rolli nennen.«

Abspann

PAUL

Paul Riemenschneider, Füchschen,
Underberg-Liebhaber und
Apotheken Umschau-Kenner

ALEX

Altenpfleger mit Liebe im Kopf
und Tragik im Herzen

LISSY

Elisabeth Riemenschneider,
Ehefrau, Liebste

ELA

Manuela Riemenschneider,
Tochter

FRAU SCHNEIDER

Teuflische Nachbarin,
nach der Johannesoffenbarung Drachen,
mit Vorliebe für Sporthosen.
Auch sonntags.

VOJTECH BOUDA
Falscher Gott mit echten Ambitionen,
kafkaesk verwandelt,
mit zwölf Katzen und Bienenvorliebe.
Käfermörderwitzkenner.

ROXY
Altenpflegerin mit Hang zu Lexi
und Allesreglerin

Außerdem tanzen Schwejk, Kafka,
Dr. Schiwago und viele mehr die Polka.

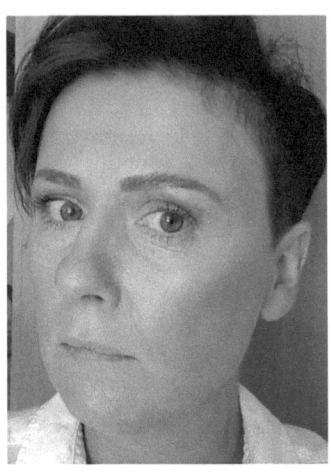

VICTORIA SUFFRAGE schreibt seit vielen Jahren, hat aber erst 2013 den Schritt in die Öffentlichkeit gewagt und den Erzählband »Mein wundervolles Pariser Mädchen« veröffentlicht. Ein Jahr später erschien der Roman »Das Murmelglas«, den sie gemeinsam mit Enya Kummer geschrieben hat.

Wer sich auf Geschichten von Victoria Suffrage einlässt, sollte wissen, dass er keine Heile-Welt-Lektüre vorfindet. Aber – es sind keine Geschichten, die von Ausweglosigkeit erzählen. Einmal in die nachdenkliche, manchmal auch melancholische Welt der Autorin eingetaucht, wird der aufmerksame Leser ob des hohen Wiedererkennungswertes auch Trost in diesen sorgfältig erzählten und komponierten Geschichten finden.

»Das Murmelglas«

Für jeden schönen Tag eine bunte Murmel in das Glas legen, um die Erinnerungen daran aufzubewahren – das ist Ziel der kleinen Lala, einem Mädchen voller Fantasie und Wissensdurst. Doch mit der Rückkehr des Stiefvaters aus dem Kosovo verdunkelt sich Lalas Leben, ein Albtraum voller Gewalt beginnt. Die Mutter, blind vor Liebe zum Exsoldaten, ignoriert die Not ihrer Tochter und hofft, dass bald wieder Normalität einkehrt. Lalas Hilferufe werden immer lauter und verzweifelter, doch niemand glaubt ihr.

Als die Mutter schließlich stirbt, entkommt Lala den Fängen ihres Stiefvaters und zieht in ein Heim, wo sie Anne kennenlernt, die auch Schlimmes erlebt hat. Die Mädchen stützen sich gegenseitig in ihrer Verzweiflung, um mit dem Erlebten fertig zu werden. Langsam verblasst bei Lala das Bild des Stiefvaters, bis sie ihrem Peiniger erneut begegnet.

»Mein wundervolles Pariser Mädchen«

16 Erzählungen über Menschen am Abgrund, am Ende ihres Lebens, über Vorurteile, Außenseiter, Wahnsinn, Trauer, Trauma und Träume, über Verdrängung, Wut und Ohnmacht ..., aber auch über Erkenntnis, Weisheit, Vergebung, Nachsicht und Liebe. Geschichten, wie aus dem Leben gegriffen, die zum Nachdenken anregen.

»Melancholisch, aber nicht deprimierend.
Voller Wahrheit, aber nicht moralisierend.«
Britta Langhoff; Literaturzeitschriften.de

»Am Abgrund«

Blutsbrüder sind sie. Als halbe Kinder schworen sie sich: Bis dass der Tod uns scheidet.

Beide lieben die Berge, das Klettern – Schorsch, der Wiener Hauptkommissar mit dem Schlag bei Frauen, und Franz, der vom Leben angezählte Auswanderer. Sie gehen durch dick und dünn, bis ... bis Feh über die beiden Männer kommt, eine Frau wie dünnes Porzellan und mit einer gehörigen Portion Schmackes und einem sehr dunklen Fleck. Der Wirbelwind macht aus besten Freunden Rivalen. Wer wird Feh gewinnen?

Ein österreichischer Roman über die Liebe mit krimineller Energie.

Henry-Sebastian Damaschke

DER TOD RIECHT SÜSS

#thriller

»Der Tod riecht süß«

In einem Schlosspark in Dundee werden die Leichenteile eines Mannes gefunden – der Auftakt einer grausamen Mordserie, die sich quer durch Schottland zieht.

Im Wettlauf gegen die Zeit ermitteln der Oberstaatsanwalt Alan MacGregor und die schöne Rechtsmedizinerin Dr. Justine Maxwell-Row. Auf der Jagd nach der Bestie in Menschengestalt kommen sich Alan und Justine näher, bis sich die Spuren zum Mörder verdichten ...

Wer wird sein nächstes Opfer sein?